¡GOL!

Luigi Garlando

¡Empieza el campeonato!

ILUSTRACIONES DE STEFANO TURCONI

Vintage Español
Una división de Random House, Inc.
Nueva York

PRIMERA EDICIÓN VINTAGE ESPAÑOL, JUNIO 2013

Información de catalogación de publicaciones disponible en la Biblioteca del Congreso de los Estados Unidos.

Texto de Luigi Garlando
Ilustraciones de Stefano Turconi

Vintage ISBN: 978-0-345-80532-4

Proyecto editorial de Marcella Drago y *Clare Stringer*
Proyecto gráfico de Gioia Giunchi y *Laura Zuccotti*

Para venta exclusiva en EE.UU., Canadá, Puerto Rico y Filipinas.

www.vintageespanol.com

Impreso en los Estados Unidos de América
10 9 8 7 6 5 4 3 2 1

¡GOL!

¿QUIÉNES SON LOS CEBOLLETAS?

GASTON CHAMPIGNON
ENTRENADOR

Ex jugador profesional y chef de alta cocina. Nunca se separa de su gato, Cazo. Sus dos frases preferidas son: «El que se divierte siempre gana» y «*Bon appétit, mes amis!*».

TOMI
DELANTERO CENTRO

El capitán del equipo. Lleva el fútbol en la sangre y solo tiene un punto débil: no soporta perder.

NICO

DIRECTOR DEL JUEGO

Le encantan las mates y los libros de historia. Antes odiaba el deporte, pero ahora ha descubierto que en el terreno de juego la geometría y la física también pueden ser de gran utilidad...

FIDU

PORTERO

Devora el chocolate blanco y le apasiona la lucha libre. Cuando ve el balón acercarse a la portería, ¡se lanza sobre él como si fuera un helado con nata!

LARA Y SARA
DEFENSAS

Pelirrojas y pecosas, se parecen como dos gotas de agua. Antes estudiaban ballet, pero en lugar de hacer acrobacias con la pelota se pasaban el día luchando por ella...

BECAN
EXTREMO DERECHO

Es albanés y, aunque dispone de poco tiempo para entrenarse, tiene madera de auténtico crack: corre como una gacela y su derecha es inigualable.

JOÃO
EXTREMO IZQUIERDO

Un *meninho* de Brasil, el paraíso del fútbol. Tiene un montón de primos mayores, con quienes aprende samba y se entrena con el balón.

DANI
RESERVA

Sus amigos lo llaman Espárrago (y no es difícil adivinar por qué). Sus tres hermanos juegan al baloncesto, pero a él siempre se le han dado mucho mejor los remates y los cabezazos...

Dedicado a todos los pequeños jugadores
que «calientan» banquillo

1
DOS CAZOS

¿Los reconoces? Sí, son ellos: Tomi, Nico y Fidu, los pilares de los Cebolletas.

Tienen que conseguir una foto de carnet para llevársela a su entrenador, Gaston Champignon. Una de esas fotos que se ponen en los carnets de identidad o los permisos de conducir. Por eso están bajando por las escaleras del metro de la parada de Moncloa, donde hay un fotomatón que les viene al pelo.

Primero entra Tomi, el capitán. Regula el taburete para tener los ojos a la altura adecuada, se mira en el espejo y se peina con las manos. Comprueba que la cortinilla de la puerta esté bien corrida (porque, si entra luz, la foto sale demasiado clara), a continuación inserta las monedas, aprieta la tecla y se espera a que se dispare el flash. En ese momento oye a Fidu que exclama:

—¡Hola, Eva! ¿Qué haces por aquí?

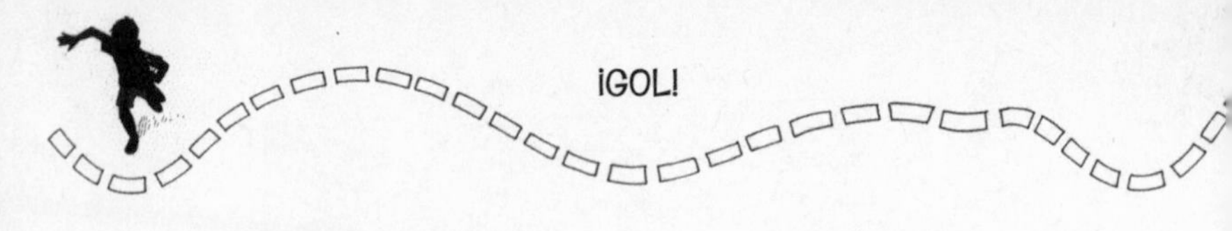

Tomi aparta rápidamente la cortinilla y asoma la cabeza para saludar a su amiga bailarina, pero no ve a Eva por ningún lado. Justo en ese instante se oye el flash del fotomatón. Tomi comprende enseguida que ha caído en la trampa de su portero...

Nico se ha echado a reír, y Fidu, que lleva una bolsa de patatas en la mano, comenta:

—Ya te decía yo que el Capi caería en la trampa...

En lugar de cuatro retratos, la máquina escupe cuatro fotos con la camiseta y el brazo de Tomi...

—Muchas gracias, amigos, me habéis hecho desperdiciar dos euros —dice Tomi, mirándolas con tristeza.

Fidu extiende los brazos, como hace cuando le han metido un gol y trata de demostrar que no ha sido culpa suya.

—¿Nosotros? Nadie te ha pedido que te asomaras.

Tomi vuelve al fotomatón, corre la cortinilla, mete otros dos euros en la ranura y esta vez la sesión fotográfica sale bien.

Luego le toca a Nico, que posa de lo más serio.

—Podías haber sonreído —le reprende Fidu—. Solo son fotos, no unos deberes para el cole...

El último en entrar al fotomatón es el portero de los Cebolletas, que le da la bolsa de patatas a Tomi antes

de sentarse. El capitán espera a que Fidu ajuste el taburete y meta el dinero. Luego le guiña el ojo a Nico y mastica ruidosamente una patata. No ha pasado ni medio segundo antes de que el portero salga de un salto del otro lado de la cortinilla y se abalance sobre la bolsa, como si fuera un balón que va directo a la red.

—¡Que nadie toque mis patatas! —grita justo cuando se dispara el flash y la máquina fotografía otra vez una camiseta—. ¡Me habéis hecho perder dos euros! —exclama luego disgustado.

—Así estamos en paz... —responde Tomi, mientras Nico no para de reír.

Antes de irse, los tres amigos entran a la vez en el fotomatón. Fidu, el más gordo, se sienta en el taburete, y Tomi y Nico se apretujan a su lado para entrar en el punto de mira.

—Cuando se dispare el flash —sugiere Nico—, gritemos todos a la vez «¡Cebolletas!».

La foto sale estupenda: los tres amigos abrazados y sonrientes, apretujados, formando un solo cuerpo con tres cabezas.

Pero al salir de la máquina se topan con la mirada severa de un señor que lleva una corbata violeta de topos feísima y tiene una barbita blanca puntiaguda.

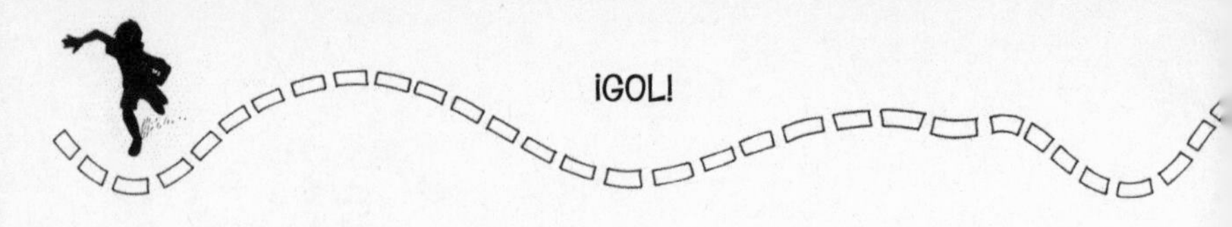

—Esto no es un tiovivo del parque de atracciones —les suelta con brusquedad—. ¡Si queréis jugar, iros a un parque y no hagáis perder el tiempo a la gente que tiene prisa!

—Pero, señor, si no estábamos jugando —responde Nico—. Solo queríamos hacernos una foto juntos, porque somos tres grandes amigos, además de miembros y fundadores del mítico equipo de fútbol de los Cebolletas.

El hombre de la barbita parece aún más enfadado:

—¿Cebolletas? ¿Encima me tomáis el pelo? ¡Maleducados!

—Pero si no he sido maleducado, señor —replica Nico—. Solo he tratado de explicarle amablemente la situación.

—¡Basta, fuera, fuera! —les apremia el hombre irritado—. ¡Ya me habéis hecho perder demasiado tiempo! —Entra en el fotomatón y corre la cortinilla.

—Vámonos —se dicen Tomi y Nico, mirándose y encogiéndose de hombros.

Pero Fidu, que no soporta los malos modales, ha tenido una idea. Se zampa las últimas patatas, sopla en la bolsa vacía y la hace estallar de un manotazo justo cuando la máquina está disparando el flash.

Asustado por el estruendo, el tipo ha cerrado los ojos y ha hecho una mueca, con una cara más pálida que su barba blanca. Así saldrá en la foto, con expresión de terror, como si acabara de ver un fantasma.

Me parece que también él tendrá que volver a hacerse la foto y gastarse dos euros más.

Cuando los chicos llegan a la cita, que es a las tres en el Pétalos a la Cazuela, el restaurante del cocinero-entrenador Gaston Champignon, los demás jugadores de los Cebolletas ya han llegado y están mirando y remirando las fotos de sus espléndidas vacaciones en Brasil.

—¿Os acordáis de cuando jugamos en el mítico Maracaná? —pregunta Sara mientras le pasa una foto a João.

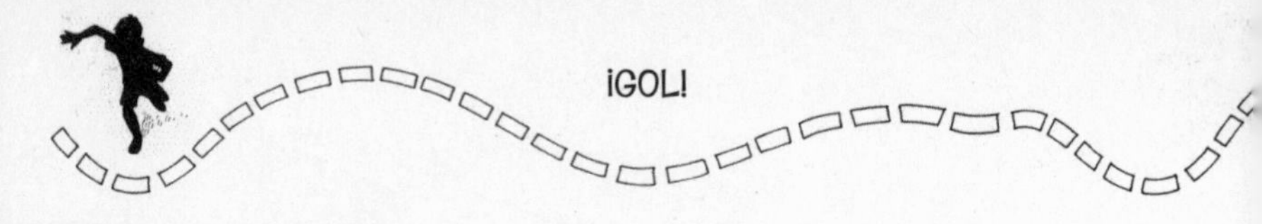

—¿Y de la fiesta en la playa, tocando música y bailando samba alrededor de la hoguera? —dice Nico.

Todas las fotografías que se desparraman por la mesa están llenas de mar y de sol, y les traen grandes recuerdos: los partidos en la arena, la excursión a Corcovado, las zambullidas en las olas de Copacabana, el surf, Rogeiro y todos los nuevos amigos...

Lara, con la barbilla apoyada en la palma de la mano, mira hacia la ventana y suspira:

—¡Cuánto echo a faltar el verano!

Entre otras cosas, porque la ventana tiene un aspecto tan triste como una cara que llora. Por el cristal se deslizan gotitas de lluvia. Ha llegado el otoño, que además de las nubes y el frío ha traído consigo las clases y los árboles sin hojas.

Pero para los Cebolletas se trata de un otoño especial, que también traerá castañas y muchas otras cosas buenas. Porque a mediados de octubre, es decir, en dos semanas, comenzará el primer campeonato de verdad para los chicos que entrena Gaston Champignon. No serán ya partiditos en el Retiro ni enfrentamientos contra sus rivales los Tiburones Azules, sino ¡todo un campeonato, con partidos en casa y en los campos rivales, con una clasificación y con un árbitro uniformado!

Por eso posaba tan serio Nico en el fotomatón. Hasta hace un año solo era un crack en matemáticas, con unas gafas demasiado grandes y unas piernas demasiado delgadas para soñar con convertirse en un futbolista. Ahora, en cambio, la foto que acaba de hacerse aparecerá en una ficha de la Federación, como las que tienen los campeones de primera división. Será un futbolista de verdad y disputará un campeonato regular con el número 10 a la espalda.

Todos los Cebolletas esperan muy emocionados el día del debut.

Champignon saluda a Tomi, Nico y Fidu, que entran en la cocina corriendo y le entregan las fotos.

—Estupendo —dice el cocinero—. Así os puedo federar e inscribiros en el campeonato. Dentro de una semana nos comunicarán el calendario y sabremos cómo se distribuyen los partidos.

—Espero que uno de los primeros sea contra esos presumidos de los Tiburones Azules —dice Sara con una sonrisa pícara.

—Exacto, Lara —añade Nico—, así verán todo lo que hemos aprendido en Brasil.

—Soy Sara —le corrige la gemela. Nico las confunde siempre.

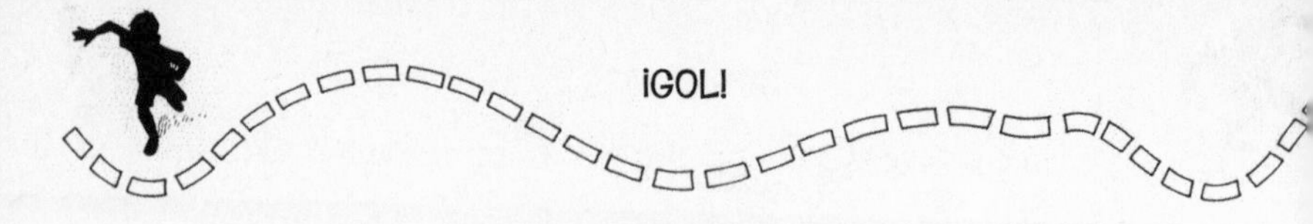

—¡Míster! —exclama de pronto Tomi—, ¿por qué no pedimos que les hagan también la ficha a Rogeiro y Tania? Estoy seguro de que a nuestros amigos brasileños les encantaría.

—¿Y por qué no? Sería una manera fantástica de agradecerles su hospitalidad y sus consejos futbolísticos —responde Champignon acariciándose el extremo derecho del bigote en señal de aprobación.

—¡Muy buena idea, Capi! —chillan a coro los Cebolletas, alargando las manos y poniéndolas una sobre otra.

—Bueno —prosigue el cocinero—, como os decía, dentro de una semana se publicará el calendario de partidos. Lo importante no es contra quién jugaremos, sino llegar preparados al primer encuentro y dar siempre lo mejor de nosotros, preocupándonos sobre todo de una cosa: ¿de qué cosa, *mon capitaine*?

—De divertirnos —responde Tomi—. Porque quien se divierte siempre gana.

—¡Exacto! *Superbe*! —exclama monsieur Champignon—. Divertirnos y ayudarnos mutuamente. ¿Por qué, Becan?

—Porque no somos pétalos sueltos, sino una sola flor —contesta el extremo derecho.

—¡Respuesta correcta, *mon ami*! —concluye el cocinero satisfecho—. Os habéis ganado estos merengues a los pétalos de rosa que me ha ayudado a preparar la madre de Becan. Pero sin pasarse, ¿eh, Fidu? El campeonato se acerca. ¡Cuidado con la línea! Una pequeña merienda y luego iremos a entrenarnos.

Cuando la madre de Becan, que lleva algunos meses trabajando en el restaurante de Gaston Champignon, lleva los pasteles a la mesa, a Fidu se le iluminan los ojos como si fueran dos bombillas.

Los entrenamientos de monsieur Champignon son como sus platos: siempre contienen sorpresas... Hoy, por ejemplo, saca de su coche floreado una caja de esas que normalmente sirven para cargar frutas o verduras.

Pero es una caja especial, porque lleva atada una pequeña cuerda.

El entrenador de los Cebolletas lo explica:

—Este ejercicio sirve para fortalecer los músculos de las piernas. Os ataréis la cuerda a la cintura y haréis varios esprints arrastrando la caja.

Cinco esprints por cabeza. La caja pasa de un Cebolleta a otro.

Y LUEGO, SIN LA CAJA, ¡OS PARECERÁ QUE VOLÁIS!
¡PERO SI LA CAJA NO PESA NADA!
LE METEREMOS DENTRO UNA OLLA.
¿CON EL GATO DENTRO?
CLARO, A CAZO LE ENCANTA VIAJAR MIENTRAS DUERME.
JOÃO SE ATA LA CUERDA A LA CINTURA...
ZZZ
... Y, EN CUANTO SILBA CHAMPIGNON...
PIIIIIII
... EL EXTREMO DERECHO SE LANZA A CORRER ARRASTRANDO AL GATO EN SU OLLA.
ZZZ
LOS CEBOLLETAS OBSERVAN DIVERTIDOS.
SI ME ARRASTRARAN METIDO EN UN TONEL, NO PODRÍA DORMIR.
EN CAMBIO CAZO RONCA FELIZ, SOÑANDO CON PECES Y RATONES.
¡ES EL GATO MÁS DORMILÓN DEL MUNDO!

Sentados en los bancos del Retiro, Pedro y sus amigos los miran divertidos. Son sus grandes rivales, los jugadores de los Tiburones Azules. El campeonato está a punto de empezar y crece la expectación de los dos equipos, que se mueren por enfrentarse. Además de la expectación, también crece el número de bromas que se gastan...

En cuanto Fidu llega resoplando a los bancos, arrastrando la olla, Pedro le dice:

—Por fin habéis descubierto vuestra verdadera vocación: perros de trineo...

Los de los Tiburones Azules se parten de risa.

—No, qué va —responde Fidu—. Me estoy especializando en transportar animales, así si te hace falta te puedo llevar adonde quieras.

A César, el amigo de Pedro, se le escapa una risita, pero sus compañeros de los Tiburones le lanzan una mirada asesina.

Mientras los Cebolletas acaban el ejercicio con la caja, el cocinero llama a Nico y le explica otro:

—Como sabes, la mayor cualidad de un número 10 es su visión del juego. Tú eres el que debe dar los pases a los delanteros, así que tienes que acostumbrarte a correr con el balón entre los pies, pero sin mirarlo. Los

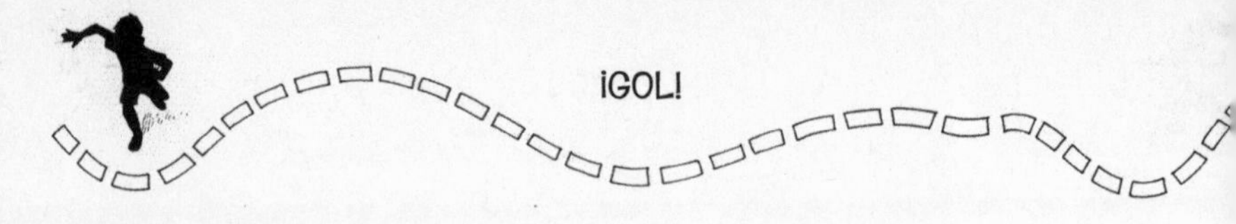

grandes números 10, como mi amigo Platini, juegan siempre con la cabeza alta. El cazo que uso para escalfar los huevos será tu entrenador perfecto. Toma...

Nico coge el cazo con incredulidad:

—Pero, míster, si yo no sé cocinar...

—No tienes que cocinar —responde Champignon sonriente—. Colócatelo sobre la cabeza y mantenlo en equilibrio mientras corres por el campo con el balón al pie. Inténtalo...

El número 10 de los Cebolletas se pone el cazo en la cabeza, toca el balón con el pie derecho y lo busca para controlarlo con el izquierdo, pero agacha demasiado la cabeza y el cazo se le cae al suelo.

—Como ves no es tan fácil, *mon petit Platini* —dice el cocinero—. Tienes que lograr hacer avanzar la pelota sin mirarla, tienes que «sentirla» solo con los pies, como mucho echándole un vistazo con el rabillo del ojo, pero con la cabeza alta... ¡Es el secreto de los grandes directores de juego!

Nico se vuelve a poner el cazo sobre la cabeza y lo intenta otra vez. Al cabo de tres pases, se le vuelve a caer y se pone a resoplar con las manos en las caderas:

—Me parece que es bastante más fácil aprender a cocer huevos...

—Nico, ¿nos preparas una pizza y nos la traes en la cabeza? —le grita Pedro desde su banco.

Los Tiburones se echar a reír. Nico hace como si no hubiera oído nada y vuelve a correr con el cazo sobre la cabeza. Cada vez consigue recorrer más metros. Sara y Lara lo animan:

—¡Bravo, Nico, te convertirás en un número 10 tan bueno como los del Maracaná!

Ha sido un buen entrenamiento. Antes de meter en el coche los balones, la caja, el gato y el cazo, Gaston Champignon reúne a sus jugadores.

—Estad atentos porque os voy a exponer un plan importantísimo, que pondremos en práctica en todos los partidos —les dice—. Dividíos en dos filas de

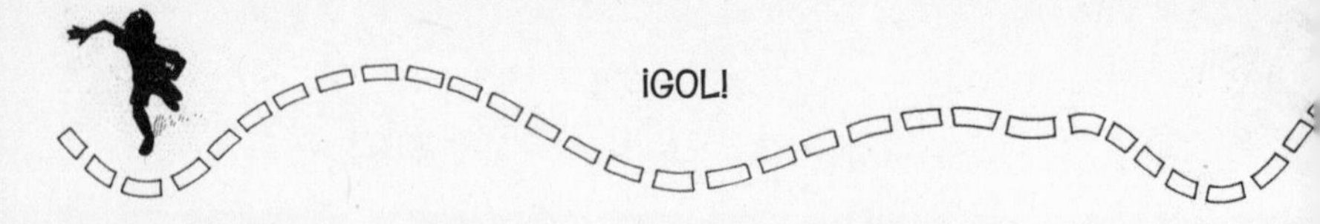

cuatro, formando una especie de pasillo de un par de metros de ancho. Vamos...

—Pero si jugamos siete, no ocho —observa Tomi, perplejo.

—No importa —responde Champignon—, haced lo que os he dicho.

Los Cebolletas se ponen en fila y se miran entre sí con cara de no estar muy convencidos.

Champignon pita con el silbato, mirando hacia los bancos y grita:

—¡Pedro y los demás, venid aquí, por favor!

Los chicos de los Tiburones Azules, todavía más extrañados que los Cebolletas, se acercan.

—Chicos, ¿os importaría pasar por en medio? Mis jugadores os estrecharán la mano.

Los Cebolletas fulminan a Champignon con una mirada asesina, pero antes de poder ni siquiera hablar, el cocinero les dice:

—Ahora chocad la mano con los Tiburones y saludadles con un: «Hola, gracias y mucha suerte».

Tomi se ha quedado boquiabierto.

Pedro, con una sonrisita guasona, entra el primero en el pasillo formado por los Cebolletas y lo mira a los ojos, esperando a que le choque la mano.

Tomi preferiría morderse la lengua o tragar una cucharada de aceite de ricino, pero es el capitán y por tanto no puede discutir las órdenes de su entrenador. Por eso estrecha la mano del delantero centro de los Tiburones y le dice: «Hola, gracias y mucha suerte» a toda prisa, como cuando uno se traga de golpe una medicina amarga...

Lo mismo hacen los demás Cebolletas con todos los chavales de la banda de Pedro, que luego se vuelven a sus bancos entre grandes carcajadas.

Fidu los mira enfadadísimo. Que le colaran un gol entre las piernas le habría molestado menos.

—Pero, míster —protesta—, esos tíos se han pasado la tarde burlándose de nosotros ¡y nosotros les damos las gracias!

—Querido Fidu, ¿sabes lo que decía siempre mi abuelo? —replica Champignon—: «Ojo por ojo y al final todos ciegos». Aunque los demás sean unos maleducados, nosotros no. ¡Los Cebolletas darán siempre buen ejemplo! Al acabar cada partido, os colocaréis delante de los vestuarios siempre así, en dos filas, y saludaréis a vuestros adversarios. Porque quien es educado no pierde nunca. ¡Hasta mañana, amigos!

El cocinero se aleja con su coche pintado de flores.

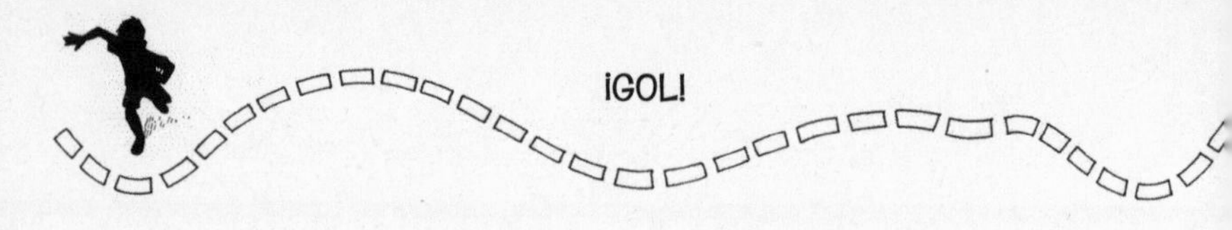

—Tenemos que ganar a los Tiburones cueste lo que cueste —dice Sara—. Sería insoportable perder y encima tener que darle las gracias a Pedro...

—Sí, tienes razón —añade Becan.

Fidu, pensativo, se pasa unos minutos rascándose la cabeza y, al final, dice:

—Pero ¿habéis entendido lo que quiere decir «Ojo por ojo y al final todos ciegos»?

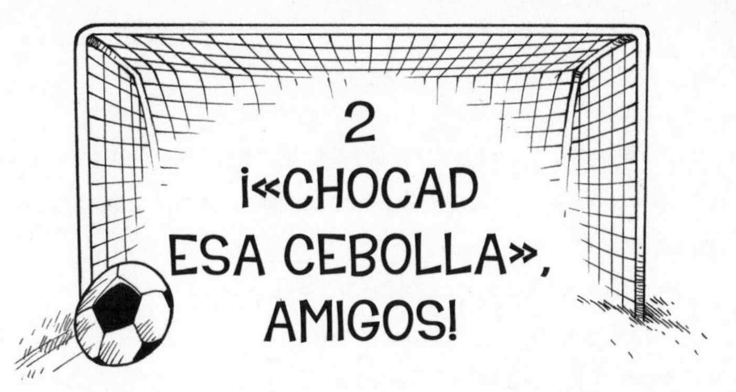

2 ¡«CHOCAD ESA CEBOLLA», AMIGOS!

Nico, Fidu y Tomi regresan de la escuela. Nico camina con un libro sobre la cabeza:

—Practico lo que me ha enseñado monsieur Champignon —explica el número 10—. Los grandes campeones juegan siempre con la cabeza erguida.

—¿Y por qué has escogido un libro de inglés? —le pregunta Fidu.

—Porque con el inglés no me aclaro —admite Nico—. Me pasa una cosa rara: cuando aprendo palabras nuevas, me olvido de las antiguas. Es como si no me entraran todas en el coco. A lo mejor, con el libro sobre la cabeza se me cuelan dentro algunas más...

—Avísame si funciona —dice Fidu—, y me pondré sobre la cabeza los libros de todas las asignaturas. A mí en el coco no me entra absolutamente nada...

Los Cebolletas echan a reír y, casi inmediatamente, se dan la vuelta al oír un claxon. Es la moto de Charli,

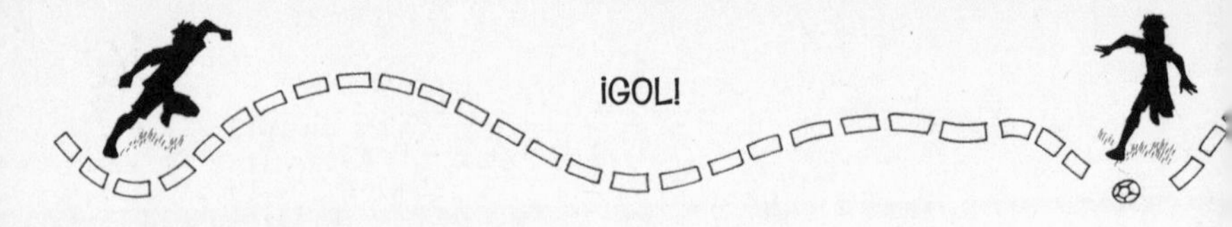

el antipático entrenador de los Tiburones Azules, que ha ido a recoger a su hijo Pedro. Se quita el casco y los saluda:

—Hola, chicos. ¿Listos para el campeonato?

—Listísimos —responde Tomi, el capitán.

—Sois un equipo con suerte —añade Charli—. No tendréis que jugar contra nosotros.

Los tres amigos se miran. Fidu pregunta:

—¿Por qué? ¿Os retiráis para no tener que volver a fregar platos?

Charli sonríe.

—Han echado a suertes los dos grupos del campeonato: nosotros estamos en el A y vosotros en el B. Los vencedores de cada grupo se enfrentarán en la gran final.

—Entonces, nos encontraremos en la final —dice Tomi.

—Sí, nos veremos en la final. Solo que nosotros estaremos en el campo jugando el partido y vosotros nos miraréis desde las gradas, como el año pasado —les suelta Pedro mientras se pone el casco—. No creo que ganéis a los terribles Diablos Rojos, que están en vuestro grupo... Serán ellos los que lleguen a la final. Y nos disputaremos la copa entre los dos, como siempre: los Tiburones contra los Diablos.

—Tú ocúpate de llegar a la final —le responde resuelto Nico—, y allí nos encontrarás, en el campo.

—Antes vas a tener que aprender a atarte los zapatos —le corta Pedro mientras se sube a la moto de su padre.

Nico agacha la cabeza para mirarse los cordones olvidándose del libro de inglés, que cae al suelo. Charli arranca y se aleja riendo tras un acelerón estruendoso.

—Esos dos tipos son tan simpáticos como un dolor de barriga —masculla Fidu, observándolos mientras se dirigen hacia la M-30.

—Que digan lo que quieran —dice Tomi—. Nosotros lo que tenemos que hacer es concentrarnos en ganar nuestros partidos. En los Tiburones, si todo va bien, pensaremos en mayo, cuando se juegue la gran final. Hay que avisar a João, Becan y las gemelas de que ya ha salido el calendario del campeonato. Nos vemos después de comer en el Pétalos a la Cazuela, ¿vale?

Gaston Champignon ha escrito sobre su pizarrilla el nombre de los cinco equipos que componen el grupo de los Cebolletas. Los va señalando uno a uno con su inseparable cucharón de madera, atusándose el extre-

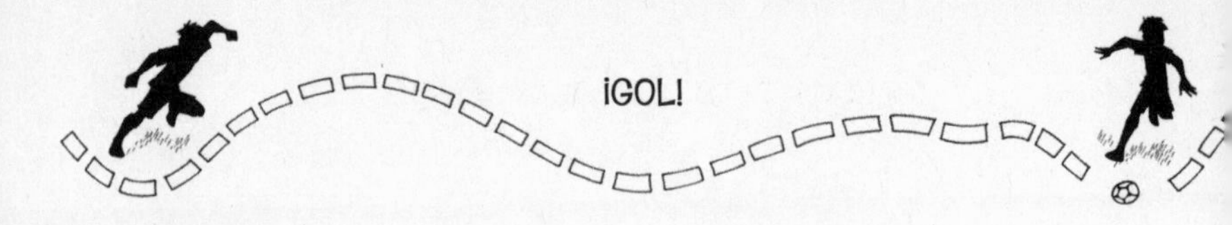

mo izquierdo del bigote, el que se toca cuando está preocupado:

—Queridos amigos, nos vamos a enfrentar a equipos muy fuertes, empezando por el Real Baby, al que nos mediremos la semana próxima. Quedó tercero el año pasado e incluso logró batir a los Tiburones Azules en su campo. Seguro que Tomi se acuerda perfectamente...

—Sí —confirma el delantero centro—. Tienen un portero buenísimo, quizá el mejor del campeonato. Sin contar a Fidu, por supuesto... El año pasado me paró por lo menos cinco disparos que eran goles seguros. ¡Parecía que tenía cien brazos!

—Probablemente solo el Virtus B es un poco menos fuerte que los demás —prosigue el cocinero—, porque es el equipo de los reservas del Virtus. El Virtus A está en el otro grupo, con los Tiburones Azules. El último día del campeonato nos enfrentaremos a los duros Diablos Rojos que, como sabéis, son una especie de cantera del Real Madrid y llegan casi siempre a la final con los Tiburones Azules, muy ligados al Barça. Pero no tenemos que preocuparnos, *mes amis*. Es nuestro primer campeonato: saltaremos al campo para aprender y divertirnos. Si nuestros adversarios son mejores que nosotros, vencerán y les aplaudiremos.

Champignon se atusa el extremo derecho del bigote, el de los buenos presentimientos, y pone sobre la mesa, delante de cada uno de los Cebolletas, una crema de vainilla al jazmín. Fidu es el primero en lanzarse sobre ella.

—¿Será un campeonato de ida y vuelta? —pregunta Sara.

—Sí —contesta el cocinero—. Entre el próximo domingo y Navidad jugaremos los cinco primeros partidos. Luego se hará la pausa de invierno y el campeonato se reanudará en marzo, con los otros cinco partidos de vuelta por grupo, que acabarán en abril. En mayo los primeros de cada grupo disputarán la gran final, para hacerse con la copa.

—Y los partidos en casa, ¿dónde los jugaremos, míster? —pregunta João.

—Junto a la parroquia de San Antonio de la Florida —responde Gaston—. He hablado con don Calisto y nos dejará el campito todos los domingos por la mañana, después de la misa de las diez.

—Pero ¡si es un desastre! —protesta Tomi—. No hay una sola brizna de hierba... ¿Por qué no jugamos también nosotros en el campo de los Tiburones?

Lara, que no está de acuerdo, le replica:

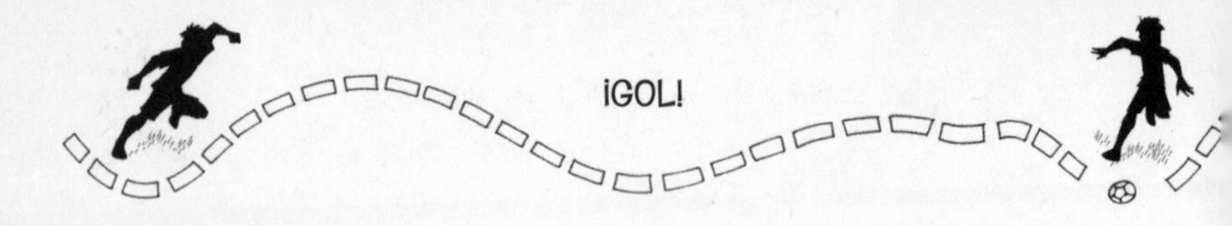

—¿En el campo de los Tiburones? Ni lo sueñes... No puedo soportar la idea de jugar en casa de los demás, con el insoportable de Pedro y sus amigos tomándonos el pelo durante todo el partido...

—Sara tiene razón —dice Nico.

—Soy Lara... —le corrige la chica.

—Lara tiene razón —vuelve a empezar Nico—. Mejor un campo pelado pero en nuestro barrio, con nuestros amigos para animarnos después de la misa. ¡El campo de los Tiburones, con ese presumido de la coleta, no puede ser nuestra casa!

—Estoy de acuerdo —coincide João—. Además, todos los grandes campeones brasileños se criaron en campitos pelados. ¿No os acordáis de la favela de Rogeiro y Adriano?

Tomi, que el año pasado aún jugaba sobre el hermoso césped de los Tiburones Azules, tiene que acatar la decisión de sus compañeros. Un verdadero capitán sabe escuchar a su equipo. Además, pensándolo bien, se da cuenta de que son ellos los que tienen razón: mejor tener muchos amigos alrededor del campo que una alfombra de hierba en el terreno de juego. ¿A que sí?

¡Por fin! Ha llegado el día del debut: ¡el primer partido del campeonato! Como sabes, los Cebolletas siempre están alegres, pero ¡cualquiera lo diría, viéndoles ahora vistiéndose en silencio! Es la emoción del estreno, todos repasan mentalmente lo que tendrán que hacer en el campo, como en clase antes de un examen. Fidu ya se ha puesto los guantes, coge el balón, lo lanza contra la pared del vestuario y lo bloquea con seguridad, entrenándose; João da saltitos para desentumecer los músculos de las piernas, y Tomi se ata los cordones por la parte exterior de las zapatillas, la que menos usa para chutar, cuando alguien llama a la puerta del vestuario.

—Es el árbitro, que viene a pasar lista —les avisa Champignon.

Entra un señor con una chaqueta verde, unos pantalones negros y un silbato colgado del cuello.

—Buenos días, chicos —dice con una sonrisa.

—Buenos días —responden a coro los Cebolletas.

Nico está emocionado: por primera vez en su vida le va a pasar lista un árbitro de verdad; pero su emoción se esfuma enseguida, en cuanto se da cuenta de una cosa.

Fidu, que está junto a él, le dice en voz baja:

—Yo a este tío lo conozco de algo...

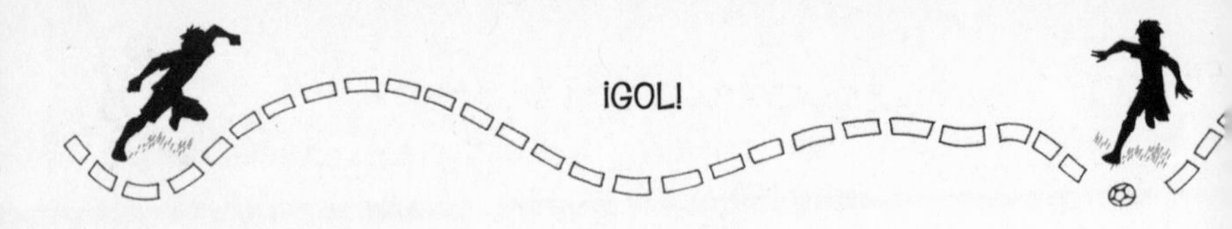

—Claro que lo conoces de algo —le responde entre dientes Nico—. Es al que asustaste con la bolsa de patatas mientras se hacía una foto en el metro de Moncloa. Si nos reconoce, seguro que nos pita cuatro penaltis en contra...

—Chicos —les explica el árbitro—, ahora leeré vuestros apellidos tal como aparecen en las fichas, y vosotros me diréis vuestros nombres y me enseñaréis el número que lleváis en la camiseta, empezando por el portero. ¿Está claro?

Fidu se baja la visera de la gorra para taparse los ojos, y se da la vuelta con gran rapidez para enseñarle el número 1. Todo va bien hasta que el árbitro se dirige a Tomi:

—Capitán, en el terreno de juego yo hablaré solamente contigo. Por favor: jugad limpio, sin haceros daño. Lo importante es divertirse. Pero... ¿no nos hemos visto antes en algún sitio?

—No. Yo es la primera vez que le veo —responde Tomi enseguida.

—Qué raro... —contesta el árbitro estrechando la mano de Champignon—. ¡Buen partido y buen campeonato a todos!

—¡Gracias! —responden a coro los Cebolletas.

El cocinero-entrenador da los últimos consejos a su equipo:

—Chicos, os habéis entrenado bien y estáis preparados para el campeonato. Sabéis lo que tenéis que hacer: divertiros y no dejar nunca de ser una sola flor. ¡A jugar!

—Míster —dice Lara levantando una mano—. Creo que, además del grito de guerra, los Cebolletas deben tener un saludo especial, para usarlo también en el campo, como hacen los jugadores de balonvolea después de ganar un punto.

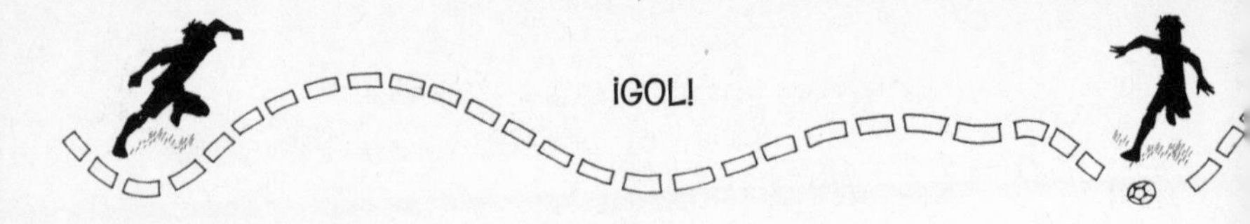

—Ya lo habíamos pensado —continúa Sara— y podría ser este...

Las gemelas aprietan la mano derecha en un puño con el pulgar levantado y lo chocan uno contra otro, como cuando se brinda.

—Lo podríamos llamar «chocar la cebolla» —explica Sara—. El puño es porque los Cebolletas están unidos como los dedos de esta mano, y la chocan para que no se les olvide.

—¡Me parece una idea excelente! —dice con entusiasmo Champignon, que enseguida «choca la cebolla» con Tomi y luego exclama—: ¡Al campo, Cebolletas!

En la pequeña tribuna de madera de la parroquia de San Antonio de la Florida, ya están alineados los hinchas de los dos equipos. Está incluso Socorro, el esqueleto que la señora Sofía, esposa de Gaston Champignon, usa en las lecciones de baile con sus alumnas. Y, naturalmente, con una falda amarilla, la pequeña bailarina Eva, a quien Tomi ha reconocido inmediatamente entre las demás. Nadie monta tanto jaleo como Carlos, el padre de João, y sus amigos brasileños, que aporrean unos tambores de hojalata. Augusto, el chófer de las gemelas, está en el banquillo al lado de Champignon, en calidad de segundo entrenador.

Los Cebolletas forman un círculo y se abrazan. Tomi grita tres veces:

—¿Somos pétalos o una flor?

—¡Una flor! —responden a coro los Cebolletas.

El árbitro llama al centro del campo a los dos capitanes, les hace escoger cara o cruz y lanza al aire una moneda. El saque inicial le tocará al Real Baby.

El árbitro pita. ¡Ha empezado el campeonato!

3 EL PLAN DE AUGUSTO

Una vez pasada la emoción de los primeros minutos, los Cebolletas han logrado dominar el partido.

Están jugando bien. No paran de atacar, pero no es fácil meter un gol porque el Real Baby se defiende con tenacidad; su número 4 juega maravillosamente con la cabeza y, como ya había avisado Tomi, tienen un portero que es un pequeño gran fenómeno.

Ya le ha parado dos tiros a Tomi, un cabezazo a Becan y un tiro de falta a Nico que se colaba por la escuadra.

En las gradas, sus amigos, que le llaman el Gato, jalean cada parada. Debe de ser su apodo y le va que ni pintado: tiene los reflejos de un felino y se lanza entre un poste y el otro con una rapidez increíble.

Lleva el pelo muy largo, rubio y sujeto con una cinta roja a la frente. Se ha puesto una camiseta de manga corta, algo extraño para un portero y para un día de octubre fresco como el de hoy.

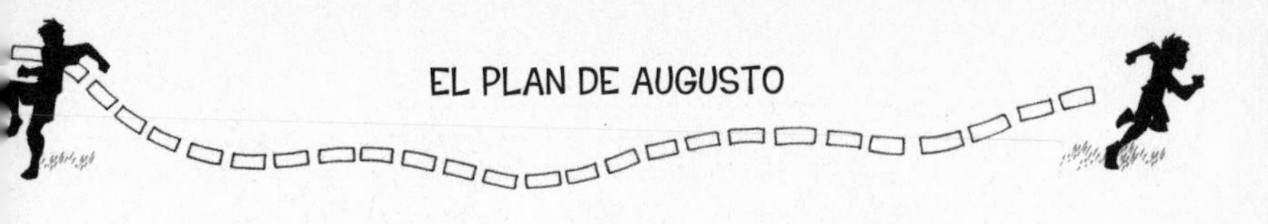

No tiene miedo a nada, ni al frío ni a los rasguños en los codos, ni a los delanteros de los Cebolletas...

—El Gato del Real Baby es mucho más despierto que el mío —comenta Champignon sonriendo y acariciando a Cazo, que duerme tranquilamente, como siempre.

—No será fácil meterles un gol —observa Augusto, preocupado—. Ese chico es bueno tanto en los disparos lejanos como en las salidas. Tenemos que inventarnos algo para meterle presión.

—Y tenemos que ir con cuidado con sus contraataques —añade el cocinero masajeándose el extremo izquierdo del bigote—, porque el Real Baby está jugando con mucha astucia, enroscado como una serpiente preparada para golpear. Bajan a defender seis y dejan solo en ataque al número 11, que es rapidísimo. No tenemos que desequilibrarnos demasiado hacia delante. Como ahora...

Hasta Sara se ha lanzado al ataque para tratar de marcar de cabeza el saque de esquina que ha sacado Becan.

El extremo izquierdo del bigote de Champignon, el de la preocupación, había tenido una intuición acertada...

—Más bien —se corrige el padre de Tomi—, ¡necesitas unos prismáticos! O, más bien, ¡un microscopio!

La madre de Tomi, abochornada, le tira del chaquetón y le obliga a sentarse.

—¡Para ya! ¡Las decisiones del árbitro hay que respetarlas siempre! No hay que dar mal ejemplo a los chicos.

—Pero si yo no doy mal ejemplo a los chicos —refunfuña el padre de Tomi—, doy buenos consejos al árbitro, que tiene graves problemas de vista.

El árbitro mira hacia la tribuna de los hinchas de los Cebolletas y piensa perplejo: «Es la primera vez que un esqueleto me discute una decisión».

Y es que Eva agita los brazos de Socorro, que lleva una camiseta de los Cebolletas.

—Señor árbitro —protesta Tomi—, la falta se ha producido a un metro del área. ¡No es penalti!

—Lo he visto perfectamente —responde el árbitro—. La falta se ha cometido dentro del área. ¡Esto es para ti, así aprenderás a no protestar! —Se saca una tarjeta amarilla del bolsillo y sanciona a Tomi, que se queda boquiabierto.

—Pero... ¡si el capitán puede hablar con el árbitro cuando lo crea necesario! —exclama Fidu—. ¡Tomi no se merece esa tarjeta!

El árbitro se da la vuelta y le enseña una tarjeta amarilla también a Fidu:

—Tú, en cambio, no eres el capitán y no tienes derecho a hablar; por eso te sanciono. ¡Y ahora vuelve a la portería si no quieres que te saque también la roja. —Y luego añade en voz baja—: El castigo vale también por la bolsa de patatas que hiciste estallar mientras me hacía las fotos en Moncloa...

Nico se lleva las manos a la cabeza.

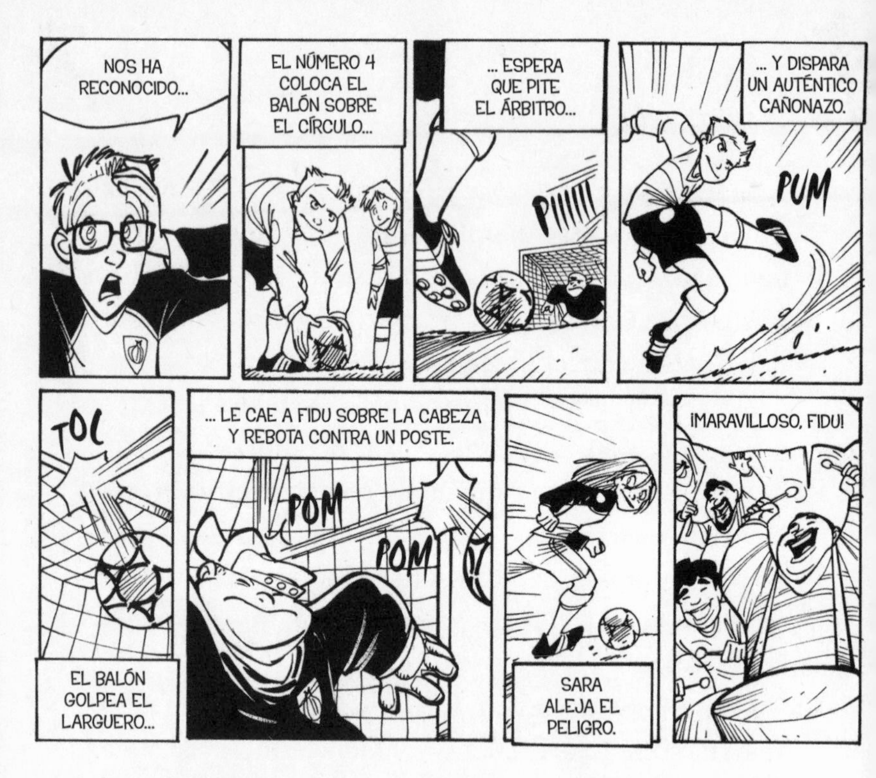

Los Cebolletas rodean a Fidu, que sigue en el suelo atontado, y lo felicitan por su parada.

—¿Qué parada? No me acuerdo... —dice Fidu, frotándose la cabeza—. Yo solo noto como si se me hubiera roto un jarrón en la azotea.

Augusto llega raudo con un cubo de agua y una esponja que estruja sobre su cabeza. El portero se levanta y «choca la cebolla» con sus compañeros de equipo.

El árbitro pita el final del primer tiempo: Cebolletas 0 - Real Baby 0.

Junto al terreno de juego están también los chicos de los Tiburones, vestidos con chándal.

—¿Qué hacéis aquí? —les pregunta Fidu mientras se dirige al vestuario.

—Hemos venido a ver cómo el Gato juega con los ratones... —responde Pedro.

—Acabamos de ganar por 7 a 1, pero vosotros parece que tenéis un pequeño problema... —añade César.

En ese momento llega Tomi, quien responde:

—A nosotros nos gusta meter los goles en la segunda parte. Tendrías que acordarte...

Mientras los Cebolletas beben el té que Augusto les sirve en vasos de plástico, Champignon les da algunos consejos con el cucharón en la mano:

—Hemos jugado una buena primera parte. Tenemos que ser más prudentes, porque el número 11 es muy peligroso.

—Sí —dice Fidu—. Si una de las gemelas sube al ataque, tiene que quedarse a defender un centrocampista.

—El verdadero problema —exclama João desconsolado— es ese portero. ¡Parece que estemos disparando contra una pared!

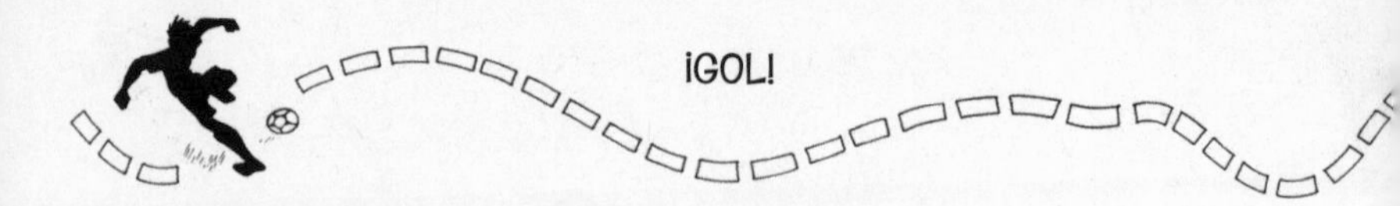

—Además, se quedan todos a defender —se lamenta Becan.

Nico tiene una idea:

—Tenemos que usar la táctica de los indios: cuando asediaban un fuerte, a menudo fingían que se replegaban a las colinas, hasta que los rostros pálidos salían de la empalizada y entonces los indios se lanzaban a la carga de improviso. Pasémonos la pelota en medio del campo, sin atacar. Ellos avanzarán para intentar quitárnosla, y así tendremos más espacio para llegar a puerta.

—*Superbe!* —exclama encantado Champignon—. Me parece un plan estupendo.

Sara «choca la cebolla» con el número 10.

—¡Nico, tienes un gran futuro como entrenador!

Naturalmente, Nico enrojece hasta la médula. Los Cebolletas regresan al terreno de juego.

Becan pasa el balón a Nico, quien lo cede de inmediato a João, que lo lanza atrás hacia Sara.

—¡Cebolletas, la portería está del otro lado! —grita Pedro desde las gradas.

—¡Adelante, chicos, al ataque! —los anima Carlos, mientras aporrea su tambor.

Pero los Cebolletas no pasan de medio campo.

El entrenador del Real Baby observa perplejo el juego y luego agita los brazos para ordenar a sus pupilos que avancen:

—¡Ánimo! ¡A por la pelota!

Champignon le dice a Dani:

—Ponte a calentar, que te toca a ti. Entrarás en lugar de Lara.

Dani-Espárrago se levanta del banquillo y echa unas carreras por el borde del campo.

Antes de entrar, Augusto le susurra al oído:

—Cuando Becan saque un córner...

Los Cebolletas se pasan el segundo tiempo atacando y rozan el gol pero, un poco por mala suerte y otro poco por las paradas del Gato, parece que su primer partido esté condenado a acabar 0-0. Hasta que, en el último minuto, el número 4 del Real Baby desvía a córner la pelota con la cabeza. Dani explica rápidamente a Becan cómo tiene que sacar y luego murmura algo al oído de Tomi.

Hasta ese momento, Becan ha colocado siempre el balón en medio del área, pero esta vez saca en corto y la pelota está a punto de caer junto al primer palo, donde está apostado Dani. El Gato y los defensas del Real Baby salen para tratar de rechazarla, pero Dani,

TOMI SE VE INESPERADAMENTE SOLO.
NICO LE HACE LLEGAR LA PELOTA CON UN TIRO ALTO.
TOC
TOMI ESTÁ SOLO DELANTE DEL GATO, QUE NO SE LO ESPERABA.
EL GATO ESTÁ LEJOS DE LA PORTERÍA.
TOMI NO LO DUDA: UNA VASELINA.
LA PARÁBOLA PASA POR ENCIMA DEL NÚMERO 1...
... PERO ESTE SE TIRA HACIA ATRÁS...
... Y LOGRA DETENER LA PELOTA EN LA LÍNEA DE META.
¡GATO, ESTAMOS CONTIGO!
REAL BABY
NO ES POSIBLE...

el más alto de todos, alarga la parábola de la pelota dándole un golpe con la cabeza: el balón llega hasta el segundo palo, donde lo está esperando Tomi, totalmente solo, que lo empuja de una cabezada al fondo de la red. Un gol realmente fácil después de tanto sufrimiento... El plan de Augusto ha salido redondo.

Gaston Champignon abraza al chófer, que sigue imperturbable como siempre y explica al cocinero:

—Una vez me metieron un gol así. Por suerte, no lo he olvidado.

El árbitro pita el final del partido: Cebolletas 1 -Real Baby 0. Los Cebolletas recordarán toda su vida este encuentro: ¡primer día de campeonato y primera victoria!

En la tribuna, los tambores brasileños zumban de alegría. Eva baila con el esqueleto Socorro, y don Calisto y los chicos de la parroquia gritan de felicidad.

Tomi se acerca a estrechar la mano al árbitro:

—Gracias, señor. Y perdónenos por la bolsa de patatas...

—Perdonados —contesta este sonriendo.

Los Cebolletas salen corriendo hasta la entrada de los vestuarios y se colocan en dos filas. Los chicos del Real Baby pasan por en medio, algo sorprendidos.

Tomi le da la mano al Gato:

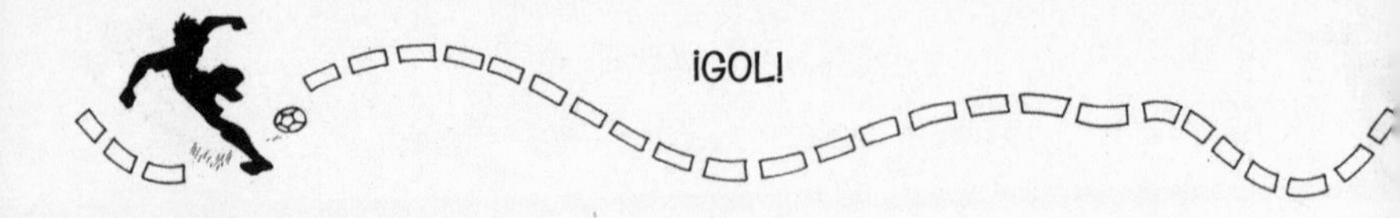

—¡Felicidades! Has sido el mejor en el terreno de juego. Buen campeonato.

—Gracias, pero a pesar de todo me has engañado... Nos vemos en el partido de vuelta, adiós —replica el Gato sonriendo y sacándose los guantes.

Después de haber estrechado la mano a todos sus rivales, Fidu se va a buscar a Pedro:

—Como has visto, a veces los ratones se comen a los gatos...

—Sí, pero nosotros hemos metido siete goles, y vosotros uno y a duras penas —contesta el capitán de los Tiburones.

—Lo que cuentan son los puntos, no los goles —rebate el portero—. Y en la clasificación ahora tenemos tres, igual que vosotros. ¿O no?

En la ducha, Tomi piensa que si hubiera seguido jugando con los Tiburones Azules probablemente habría metido cuatro o cinco de esos siete goles. En cambio, ha tenido que trabajar como un descosido para meter uno y en el último segundo... Pero sabe que ese gol vale por cien. Junto a él está Nico, que no encuentra el champú aunque lo tiene delante de los ojos, porque cuando se quita las gafas no ve tres en un burro; está Fidu, que se ducha con la cadena de lucha libre al

cuello; está Becan, que en lugar de limpiar cristales en la esquina de Fuencarral ahora va a la escuela. Los Cebolletas son un equipo de amigos y, gracias a su gol, ahora están felices y cantan entre pompas de jabón. Por eso su gol vale por cien.

—Capi, ¿qué te ha parecido mi pase de cabeza? —le pregunta Dani.

Tomi sonríe y se «chocan la cebolla».

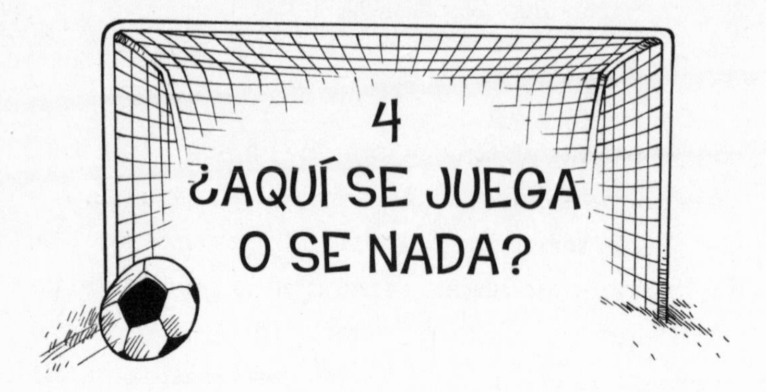

4
¿AQUÍ SE JUEGA O SE NADA?

¡Qué manera de llover! Como dice Champignon: «Si sigue así, tendré que construir un arca como Noé y meter dentro a todos los animales, empezando por Cazo».

Ha llovido todo el lunes y hoy, martes, sigue lloviendo. Pero, en el fondo, a Tomi no le molesta. Va paseando feliz por la Gran Vía como si fuera verano y estuviera en Río de Janeiro. Lo único que le preocupa es sostener bien el paraguas para evitar que Eva y su bolsa de baile se mojen, aunque sea a costa de tener un hombro bajo la lluvia. De hecho, una manga de su cazadora ha cambiado de color...

Eva lleva unas graciosas orejeras rojas y en la mano un cucurucho de castañas asadas. Unas se las come ella y las otras se las pasa a Tomi. Mientras tanto, contempla el escaparate de una tienda de material de dibujo.

—Quiero regalarle a Sara una paleta de pintor —dice—. Pinta muy bien.

—¿Es su cumpleaños? —pregunta Tomi.

—No —responde la bailarina—, es para Navidad.

—Pero si faltan dos meses para Navidad...

—Ya lo sé, pero yo los regalos los escojo siempre en esta época. No me gusta dejarlo para el último momento, cuando las tiendas están llenas y a lo mejor ya han vendido las cosas más bonitas.

—Pero a veces en el último momento da más gusto —discute Tomi—. ¿No viste lo que pasó el domingo? Un gol al final de un partido es lo mejor de lo mejor.

Eva sonríe y, como siempre, a Tomi le parece que brille el sol, por mucho que llueva. De hecho, ni se da cuenta de que la manga derecha de su cazadora se está empapando como un bizcocho en un café con leche...

Van caminando hasta la plaza de San Ildefonso, donde está la escuela de danza.

Mientras Eva va a cambiarse al vestuario, Tomi se queda charlando con la señora Sofía.

—Bueno, Tomi —le pregunta la mujer de Gaston Champignon—, ¿cuándo te decidirás a dejar la pelota para venir a bailar aquí con nosotras?

—Creo que nunca, señora Sofía —responde el delantero centro de los Cebolletas.

La señora Sofía sonríe.

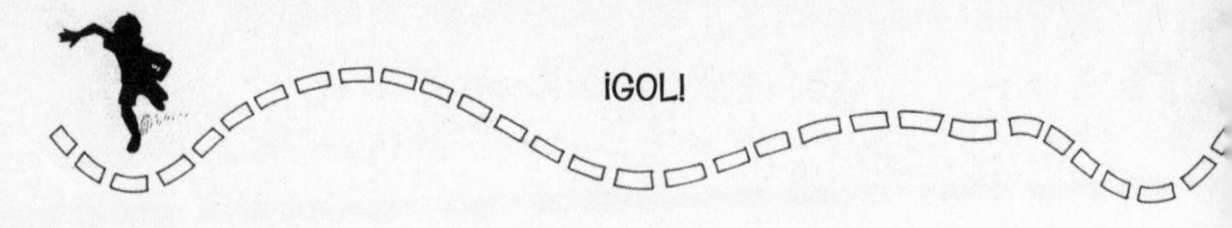

—Pues serías un bailarín estupendo.

Tomi pone cara de poca convicción.

—En serio —insiste la maestra—. Se ve por la manera en que corres durante los partidos. Si vinieras a bailar con nosotras, todavía lo harías mejor.

—Los futbolistas se entrenan en el campo, señora. No en una sala llena de espejos como esta —responde Tomi.

—Una sala llena de espejos como esta le iría muy bien a un futbolista, créeme —insiste la señora Sofía, que se acerca al esqueleto, le coge un pie y se lo levanta hasta el cráneo—. ¿Ves qué flexible es nuestro Socorro? Después de entrenarte un poco con nosotras, te volverías como él y las chilenas te saldrían mucho mejor. En Navidad ya podrías decirme si tengo o no razón.

Tomi arruga un poco la nariz, como hace cuando no ha entendido bien algo.

—¿Por qué en Navidad? —pregunta.

—¿Eva no te ha hablado de nuestra función? —le pregunta a su vez la señora Sofía.

—No —contesta Tomi.

La maestra sonríe y se va con las bailarinas al centro de la sala, para empezar la clase. Tomi se quita la cazadora, se da cuenta de que tiene la manga chorreando y la coloca junto al radiador para que se seque. Se sienta

en un banco para ver la clase. Le gusta ver bailar a Eva porque siempre está muy seria y concentrada, como un futbolista cuando va corriendo con la pelota pegada al pie. Pero en cuanto la señora Sofía apaga el magnetófono, la bailarina busca a Tomi en los espejos y le sonríe.

Si le pidieran que lo explicara, sería incapaz, pero Tomi está seguro de que Eva es la mejor de todas. ¿Cómo decirlo? Si las bailarinas fueran un equipo de fútbol, ella sería sin lugar a dudas el número 10: tiene buenos pies... y la sonrisa más dulce del mundo.

Hoy las bailarinas han ensayado un extraño ballet. Han rodeado al esqueleto y lo han hecho danzar, pasándoselo de la una a la otra.

Después de la ducha, Eva se despide de sus compañeras y sale del vestuario con sus orejeras rojas.

—¿Tienes algo que decirme de la función de Navidad? —le pregunta de inmediato Tomi.

—Es una idea que se me ha ocurrido... Podrías bailar con nosotras —responde Eva con una sonrisa.

Tomi se la queda mirando de lo más serio.

—¿Estás de broma o tienes fiebre?

—Venga, sería de lo más divertido —trata de convencerlo Eva—. Es un ballet magnífico: «El sueño del muñeco de nieve».

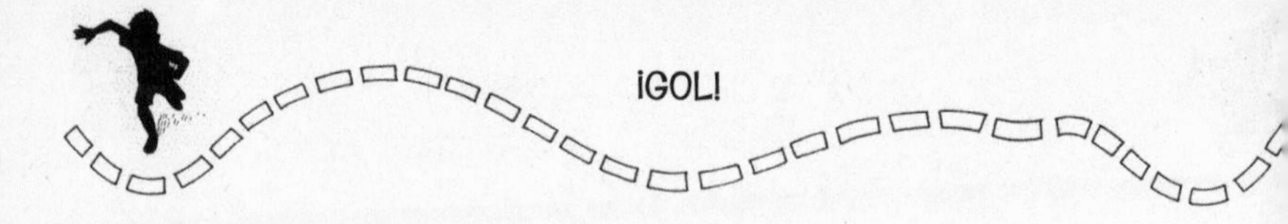

Tomi no está nada convencido.

—¿Y yo tendría que hacer de muñeco de nieve?

—No es difícil —responde Eva—. ¿Has visto a Socorro hoy? Si lo ha logrado él, que está muerto, también puedes conseguirlo también tú, que estás vivo...

—Pero los muñecos de nieve están muertos —observa Tomi—, así que mejor que lo haga Socorro.

—Lo único que tienes que hacer es dejarte llevar, te haremos bailar nosotras. Será facilísimo.

Tomi abre el paraguas.

—Los futbolistas no bailan, meten goles.

—Y las bailarinas podrían enfadarse muchísimo con los futbolistas que no bailan —le replica Eva mirándolo muy seria.

Tomi hace como los defensas en apuros: enviar la pelota a córner.

—De acuerdo, me lo pensaré.

Bajan las escaleras del metro. Tomi tiene que coger la línea amarilla para bajar en Moncloa, y Eva la línea verde, en dirección a Núñez de Balboa. Pero, antes de despedirse, la bailarina le pregunta al chico:

—¿Has visto *E. T.*?

Tomi alarga el índice e imita la voz ronca del pequeño alienígena:

—«Teléfono, mi caaasa...» Sí, la he visto, ¿por qué?

—*E. T.*, como Eva y Tomi —le contesta la bailarina con una sonrisa—. Adiós.

Gaston Champignon llega al entrenamiento del miércoles con una papel en la mano. Casi todos los Cebolletas están en la parroquia de San Antonio de la Florida, esperando que el míster abra los vestuarios para cambiarse.

—¿Es una nueva receta a base de flores? —pregunta Sara.

—No —responde el cocinero—. Son los resultados de nuestro grupo y la clasificación después de la primera jornada.

Champignon clava la hoja en el tablón de anuncios que está entre el vestuario de los chicos y el de las gemelas. Los Cebolletas se apelotonan para ver los resultados.

Partido	Resultado	Equipo	Puntos
CEBOLLETAS - REAL BABY	1 - 0	DIABLOS ROJOS	3
		CEBOLLETAS	3
DIABLOS ROJOS - VIRTUS B	8 - 0	DINAMO AZUL	3
		VIRTUS B	0
ARCO IRIS - DINAMO AZUL	1 - 3	ARCO IRIS	0
		REAL BABY	0

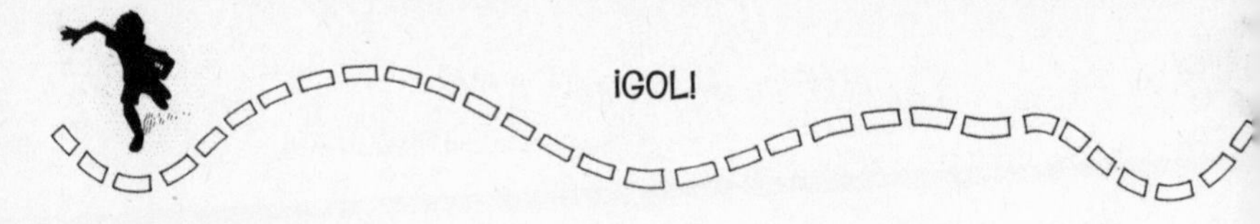

—¡Uala! —exclama Nico—. Los Diablos Rojos han ganado por 8 a 0...

—Lo sabía. Son muy buenos —comenta Tomi—. Serán nuestros peores contrincantes.

—Pero solo nos enfrentaremos a ellos en la última jornada —dice Nico—. Es mejor que pensemos en el Dinamo, que nos espera el próximo domingo y ha ganado por 1-3 al Arco Iris.

—Es verdad —coincide Becan—. ¡Y fuera de casa! El Dinamo es el único equipo que ha ganado en campo contrario la primera jornada. El domingo tendremos que tener mucho cuidado.

—Si el domingo ganamos al Dinamo —concluye Tomi—, por la tarde seguramente estaremos empatados en cabeza del campeonato con los Diablos Rojos.

—¡Vamos, chicos, a cambiaros! —ordena Champignon—. Todavía es pronto para hacer cálculos de clasificación; por ahora concentrémonos en entrenar bien.

Los chavales entran en el vestuario mientras Champignon y Augusto llevan los balones al campo para el entrenamiento.

—Pero ¿dónde está Fidu? —pregunta el chófer.

—Los chicos me han dicho que no podía venir —responde el cocinero.

—Qué pena —dice Augusto—. Hoy le iba a enseñar a despejar con los puños. Un campo mojado es un enemigo pesado para un portero. Además, se habría divertido: a él le encanta revolcarse en el barro...

«Es verdad —piensa Champignon, acariciándose el extremo izquierdo del bigote—, ese chico está renunciando últimamente a muchas cosas que le gustan... porque él sabía que hoy iba a traer merengues a la rosa...»

Al final, Augusto decide entrenar a Dani, que es el reserva de Fidu entre los palos.

—Se me ha escurrido... dice el portero perplejo.

—¿Lo ves? No es tan fácil como parece. Tienes que doblar un poco las rodillas —le aconseja el chófer— y golpear en el centro de la pelota con los dos puños juntos.

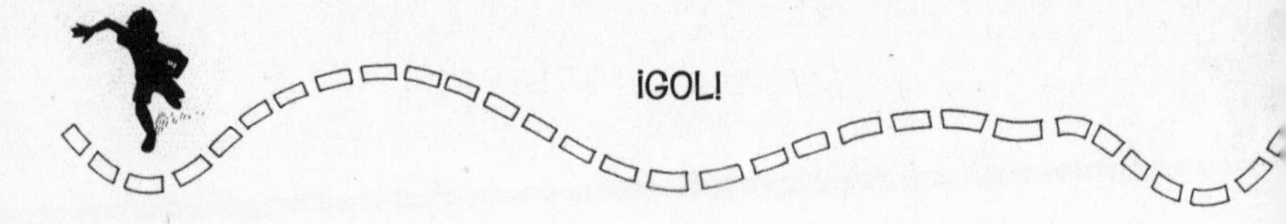

Dani encoge ligeramente las piernas, se concentra, alarga los brazos a la vez... y ahora el balón, golpeado de lleno con los puños, vuelve directamente a Augusto, que aplaude:

—¡Así, perfecto!

Luego el chófer se va con el balón hasta el banderín del córner y le explica:

—Ahora haré unos saques de esquina. Tú tienes que rechazar la pelota hacia el centro del campo: pero ahora con un solo puño, porque saltando con un solo brazo llegas más alto. ¿Entendido?

Dani espera junto al segundo palo. En cuanto Augusto centra, salta hacia el balón que se acerca al área y lo aleja de un golpe de puño.

—¡Bravo! —exclama Augusto. Luego se dirige hacia la portería con el balón en la mano y le explica—: No hay peor enemigo para un portero que los charcos. —El chófer hace rodar el balón por tierra y este, después de un metro, se detiene en un charco.

—¿Lo ves? —prosigue Augusto—. Te crees que la pelota está llegando dócilmente hasta tus guantes, pero se queda parada, cosa que el delantero puede aprovechar para meterte un gol. El portero tiene que saber anticiparse y tirarse al suelo. Probemos...

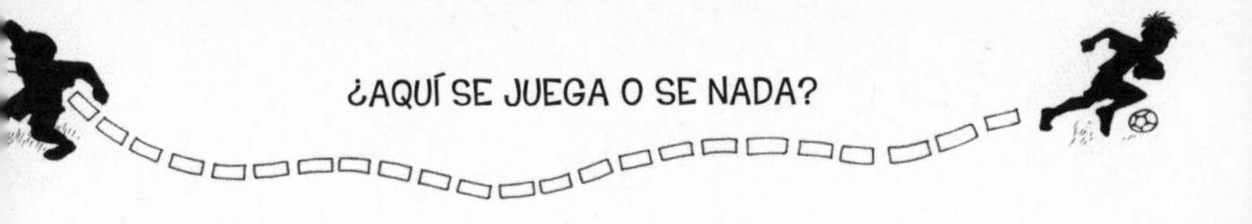

Dani mira los charcos y se rasca la cabeza:

—Si lo llego a saber, me traigo unas gafas de buzo y unas aletas...

Sí, ese ejercicio le habría gustado a Fidu.

En el centro del campo, Champignon está desenrollando una red de tenis con la ayuda de los chicos.

—Míster —pregunta Nico lleno de curiosidad—, ¿nos preparamos para el Dinamo o para Wimbledon?

—Este es un ejercicio estupendo para la lluvia —responde el cocinero—. Dividíos en dos equipos.

Sara, Nico y João se ponen de un lado de la red; Lara, Becan y Tomi del otro.

—¿Os acordáis del partidito que jugasteis en la playa de Copacabana contra los amigos de Rogeiro?

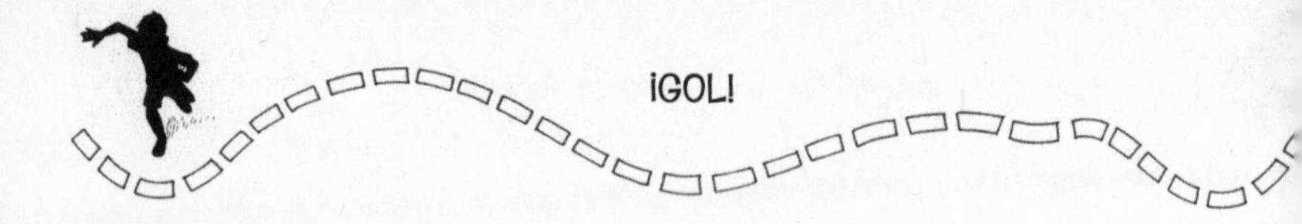

—¿Cómo nos íbamos a olvidar aquel ridículo?

—Vuestro error —continúa Champignon— fue el de llevar la pelota al pie y hacer disparos rasos: la arena frenaba el balón y vuestros rivales os interceptaban los pases. Con los charcos pasa lo mismo. Tendremos que jugar como hacía Rogeiro: al vuelo. ¿Entendido? El fútbol-tenis es un entrenamiento perfecto.

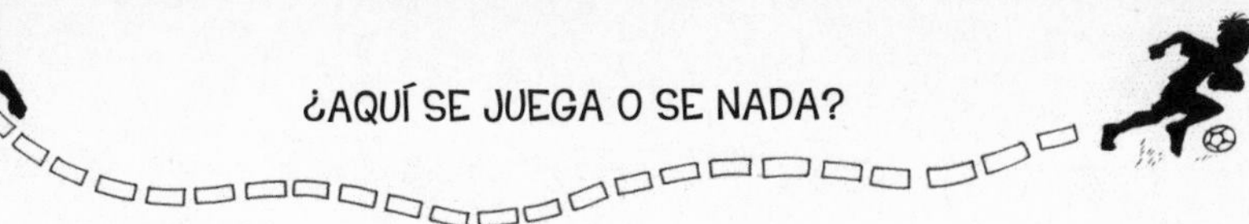

Champignon aplaude:

—¡Seguid así, sin que se caiga!

El viernes por la tarde, el padre de Tomi entra en casa y se quita su impermeable, empapado.

—Estoy harto de esta lluvia —dice, resoplando—. Todo el día en medio del agua: ya no sabía si estaba conduciendo un autobús o un barco. Hubo un momento en que me pareció ver una ballena en la calzada, pero era un camión...

—¿Y cómo crees que me ha ido a mí? —exclama la madre de Tomi, que está poniendo la mesa—. Tú al menos estabas a cubierto, pero yo me he pasado el día entero pedaleando para entregar el correo bajo la lluvia solo con un impermeable encima.

—Entonces —responde el padre—, a lo mejor no era un camión, ni una ballena, sino tú que cruzabas la calle...

Tomi suelta una carcajada.

—Qué gracioso eres... —le suelta Lucía volviendo a la cocina, todo menos divertida.

Mientras cenan, suena el teléfono. Tomi se levanta de la mesa como un rayo. Podría ser *E. T.*: «Eva, teléfono, caaasa...». Pero no.

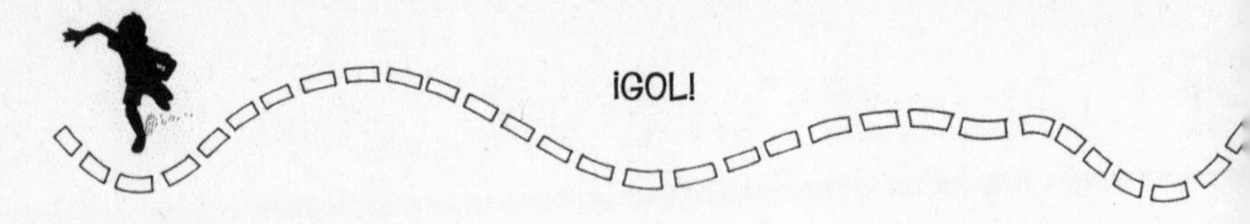

—Buenas noches, míster —contesta el delantero centro de los Cebolletas—. Enseguida se lo paso.

Tomi vuelve al comedor y le dice a su padre:

—Es el señor Champignon. Quiere hablar contigo.

—Perfecto. Voy a buscarlo mañana. Todo en orden —va diciendo el padre de Tomi al aparato—. Sí, me parece una idea estupenda... muy colorida... lo podemos hacer mañana por la tarde... Le diré a Tomi que avise a los Cebolletas... Perfecto... Hasta mañana, entonces. Buenas noches.

Tomi se esfuerza por comprender de qué están hablando, pero no lo consigue. ¿Qué irá a buscar mañana su padre? ¿«Una idea muy colorida»?

El padre sabe perfectamente que Tomi no ve la hora de enterarse de lo que le acaba de decir el cocinero. Cuelga y vuelve al comedor sin abrir la boca. Quiere tenerlo sobre ascuas...

—¿Qué ha pasado? —pregunta Tomi, algo inquieto.

—Nada —contesta su padre con total seriedad—. Uno que se ha equivocado de número...

Tomi se lanza en su persecución y la cosa acaba con la acostumbrada pelea sobre el sofá, hasta que la madre grita:

—¡A la mesa, niños!

5 LAS ZAPATILLAS QUE NO TOCABAN

¿Sabes de qué estaban hablando por teléfono Gaston Champignon y el padre de Tomi? Sigue al cocinero hasta el almacén que hay junto a la parroquia de San Antonio de la Florida, como hace todo el equipo de los Cebolletas en pleno, y lo descubrirás.

Ya hemos llegado.

Champignon pulsa un botón, la persiana metálica del almacén se levanta y detrás aparece un viejo autobús verde.

—Queridos amigos —explica el cocinero-entrenador—: os presento el medio de transporte que a partir de mañana utilizarán los Cebolletas cuando jueguen fuera de casa.

João pone unos ojos como platos.

—¿Es todo para nosotros?

—Todo para nosotros —confirma el padre de Tomi—. Es un antiguo autobús que recorría las calles de Ma-

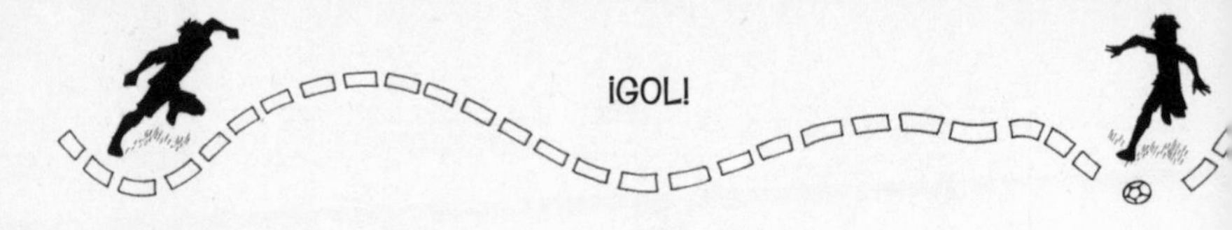

drid. Ahora está fuera de servicio y prácticamente me lo han regalado. Como veis, es un poco viejo. ¡Con deciros que lo usó Cristóbal Colón para ir a América!

—¡No es verdad! ¡Cristóbal Colón llegó a América a bordo de tres carabelas! —lo corrige inmediatamente Nico, haciendo el gesto de pedir la palabra.

—Era un chiste, Nico —le aclara el padre de Tomi—. Estaba bromeando... Como os decía, es un autobús un poco viejo, pero lo han revisado a fondo unos amigos míos que son mecánicos y ahora funciona perfectamente. Solo le hace falta una buena limpieza y un poco de maquillaje.

—¡Yo le limpio todos los cristales! —exclama Becan.

—De acuerdo —dice Champignon—. Después de limpiarlo, podéis decorarlo como más os guste. Os he traído unos botes de spray para que le deis vuestros «toques» especiales. Aunque haría falta un director de proyecto.

—Sara —propone Tomi—. Dibuja muy bien.

Todos están de acuerdo, y después de limpiarlo y dejar que se seque, los chicos empiezan a pintar y colorear su nuevo autobús. La primera en hacerlo es Sara, que dibuja el símbolo del equipo a cada lado con el bote amarillo.

—Fidu —le pregunta la chica—, ¿te molesta posar un poco para mí?, es que tengo que dibujar una cebolla y...?

Excepto Fidu, todos se echan a reír.

Tomi dibuja un balón blanco y negro, João un sol hermoso como el de Brasil, Lara dos puños «chocando esa cebolla», Dani unas notas musicales, Becan escribe: «¡Pétalos no, una flor!»... Nico quería poner: «¡Viva el cole!», pero lo detiene justo a tiempo Fidu, quien dibuja un hermoso cucurucho con helado.

—¿Qué tiene que ver un helado con los Cebolletas? —pregunta Nico.

—Un buen helado siempre va bien para todo —responde Fidu.

Al final del trabajo, los chavales dejan en el suelo los botes y se sientan a admirar su obra, satisfechos.

—*Superbe!* —sentencia Champignon acariciándose el bigote derecho—. Solo le falta el nombre, que pintaremos delante. ¿Cómo lo vamos a llamar?

Los Cebolletas se lo piensan un poco y al final Nico exclama:

—¡Pegaso! ¡Como el caballo alado!

—¿Pegaso? Siempre te he dicho que estudiar tanto empacha... —le dice Fidu mirándolo enfadado.

—¡Ya lo tengo! —interviene Lara—. Ceporte: el «trans*porte* de los *Ce*bolletas». Es un juego de palabras y recuerda a «deporte».

Tomi arruga la nariz:

—Es simpático, pero no suena demasiado bien.

El resto del equipo está de acuerdo.

Al final, cuando nadie se lo espera, el nombre apropiado lo encuentra Augusto:

—¿Y si lo llamáramos Cebo-jet, a la inglesa? El jet de los Cebolletas: Cebojet, pronunciado «Ceboyet».

—¡Bravo, Augusto! —exclama Sara con entusiasmo—. Cebojet recuerda un montón a Cebolletas: ¡es una idea genial! Y suena muy bien.

La propuesta del chófer-portero les gusta a todos, salvo a Nico, quien se lamenta:

—¡Odio las palabras en inglés! ¡No me entran en la cabeza!

Pero es el único voto en contra, por lo que Tomi, el capitán, coge un bote de spray rojo y bautiza oficialmente el Cebojet.

A la mañana siguiente, el equipo de míster Champignon sube a bordo del Cebojet con sus hinchas: los padres y amigos brasileños de João, que se instalan al fondo del autobús y tocan samba durante todo el trayecto; la señora Sofía, Eva y el esqueleto Socorro, que lleva puesta, como de costumbre, una camiseta de los Cebolletas con un cero en la espalda; el padre y la madre de Tomi con otros padres, y don Calisto con algunos chavales de la parroquia que no se querían perder por nada del mundo el primer partido fuera de casa del campeonato.

Para variar, está lloviendo.

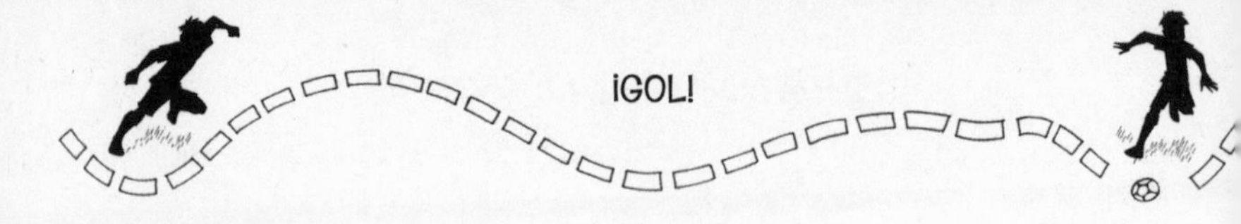

—Pobre Socorro —dice el padre de Tomi a Eva—. Con tanta humedad le van a doler los huesos...

Gaston Champignon se echa a reír, tanto que se pone a toser.

—¿Quién se ha traído unos quesos? —pregunta don Calisto.

—Ha dicho «huesos», no «quesos». ¡El señor Armando ha dicho «huesos»! —le aclaran los chicos de la parroquia.

Augusto, tocado con la gorra de chófer, pone en marcha el Cebojet y gira a la derecha por la avenida de Portugal para coger la M-30. El campo del Dinamo está en el extremo opuesto de la periferia de Madrid, y para llegar hasta allí hay que dar la vuelta a toda la ciudad. El viaje dura un poco más de media hora.

Mientras los Cebolletas se cambian en absoluto silencio en el vestuario, concentrados en el partido que está a punto de empezar, se oye: «¡Nooo...!».

Todos se dan la vuelta y miran a Nico, que sujeta en la mano una zapatilla de tenis. El número 10 está desconsolado.

—He metido en la bolsa las zapatillas de tenis en lugar de las botas de tacos... ¡La culpa es de mi madre, que se ha equivocado de bolsa!

—Con esas suelas planas no conseguirás mantenerte en pie, en medio de tanto barro —dice Fidu rascándose la cabeza.

—Pues no —murmura Nico—. Será como patinar sobre hielo.

Gaston Champignon se acaricia el extremo izquierdo del bigote y toma una decisión:

—Hagamos lo siguiente, Nico: tú empezarás el partido en el banquillo y en tu lugar jugará Dani. Mientras tanto, llamamos a tu casa y averiguamos si alguien te puede traer las botas de fútbol. Así podrás entrar en el segundo tiempo.

Nico responde todavía más triste:

—En casa solo está mi padre y seguro que, por un par de botas, no viene. Está liadísimo con un libro de matemáticas que anda escribiendo. Además, detesta el fútbol...

—En caso de que no pueda venir tu padre —propone Augusto—, iré yo a buscarlas con el Cebojet, volando por la M-30.

—Buena idea —aprueba Champignon—, pero ahora concentrémonos en el partido: Tomi jugará en el medio campo, en lugar de Nico, y Dani hará de delantero centro. ¿De acuerdo?

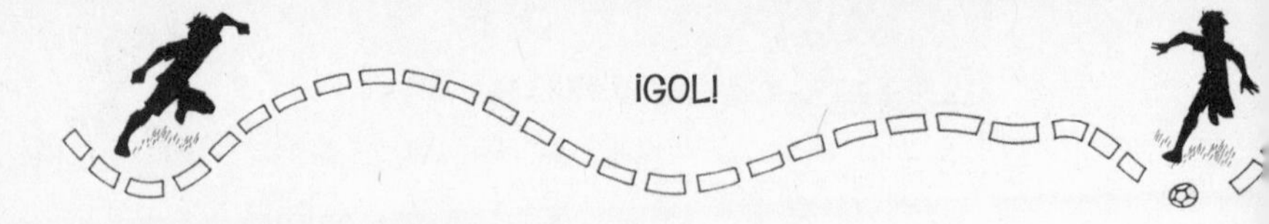

El entrenador alarga la mano y los Cebolletas ponen las suyas encima.

—¿Pétalos o flor? —pregunta el cocinero.

—¡Flor! —gritan a coro los Cebolletas.

El árbitro pasa lista y luego, acompañado por los dos capitanes, va a comprobar si el terreno está en condiciones. Parece una piscina...

Visto el problema de las zapatillas de Nico, a Tomi no le molestaría que el árbitro suspendiera el partido, e intenta convencerlo:

—Me parece que tendremos que jugar otro día. Como puede ver, señor árbitro, las dos áreas están casi inundadas y en el centro hay un charco enorme, donde el balón no bota

En cambio, el capitán del Dinamo insiste en jugar:

—Por las bandas el campo está seco. Si sacamos el agua de los charcos con unas escobas, la pelota botará perfectamente. Además, ha dejado de llover.

El árbitro autoriza a dos hombres a entrar en el terreno de juego con las escobas y luego hace botar el balón en tres lugares distintos. Al final, decide que puede empezar el partido.

Gaston Champignon pide a Tomi que se acerque al banquillo y le explica:

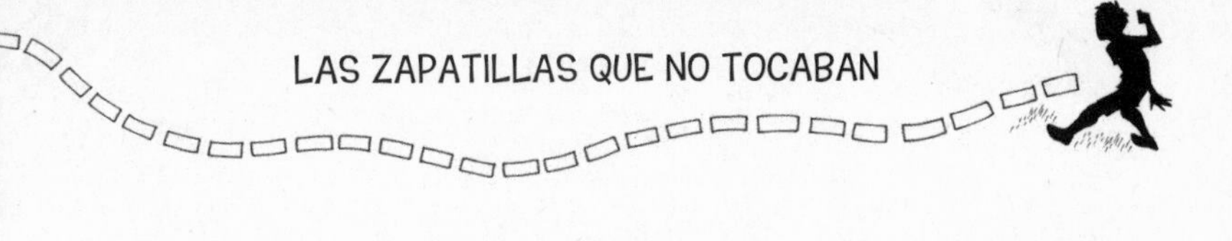

—No salgáis como un cohete; ahorrad fuerzas para el segundo tiempo. En un campo tan pesado se cansa uno enseguida y ellos, que son más grandes, son más resistentes que vosotros. ¿Entendido?

El entrenador y el capitán se «chocan la cebolla».

Efectivamente: los chavales del Dinamo, que llevan una camiseta a rayas rojas y blancas, son mucho más fuertes físicamente que los Cebolletas. El número 5, un defensor, el 8, que está en el centro del campo, y el 9, un atacante, tienen pinta de haber cumplido ya los quince años...

Si los Cebolletas no han salido como un rayo no ha sido por el consejo de su entrenador, sino porque no consiguen pasar de medio campo. Están replegados en su terreno, sufriendo el acoso de sus rivales.

En los diez primeros minutos, el Dinamo ha sacado ya cinco córners, y cada vez ha tenido que bajar Dani-Espárrago a alejar el peligro con la cabeza. Todos intentan ayudar a sus compañeros cuando están en apuros: son una flor, no siete pétalos.

Fidu ya ha hecho tres buenas paradas y parece que va a tener que hacer la cuarta...

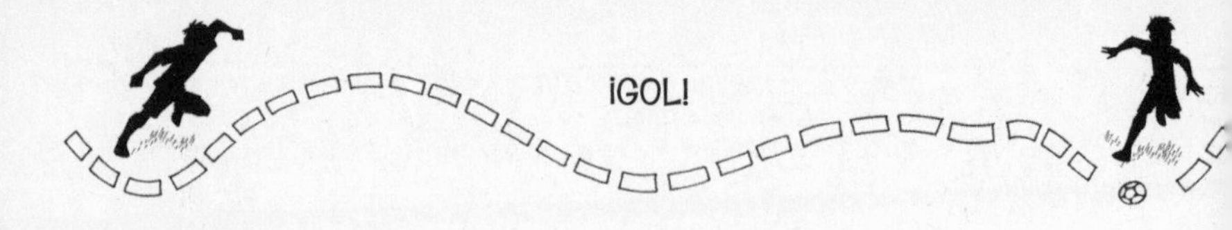

Sara y Lara corren a por la pelota, que cae en un charco levantando una oleada de agua marrón. Mientras se secan la cara y tratan de abrir los ojos, el número 9 del Dinamo coge el balón, sale volando en dirección a la portería y dispara raso junto al poste. Fidu alarga la pierna y logra desviarlo con la punta de la bota: ¡un nuevo saque de esquina!

—¡Fidu, eres un fenómeno! —gritan los chicos de la parroquia.

Don Calisto agita su paraguas como si fuera una bandera.

Los Cebolletas felicitan a su portero «chocándole la cebolla».

Fidu se vuelve a poner la gorra y, en lugar de darles las gracias, dice:

—Chicos, ¿sabéis que en la otra punta también hay un portero? ¿Por qué no le hacéis una visita de vez en cuando? ¡Para ganar hace falta meter un gol en aquella portería de allí!

Hacia el final del primer tiempo, el Dinamo, cansado de tanto atacar, empieza a perder resuello y los Cebolletas consiguen subir cada vez más al ataque, como les ha pedido Fidu.

Ahí va una buena ocasión...

Estalla el fragor en las gradas. Los tambores brasileños se ponen a retumbar de alegría.

Champignon y Nico lo celebran en el banquillo «chocando la cebolla».

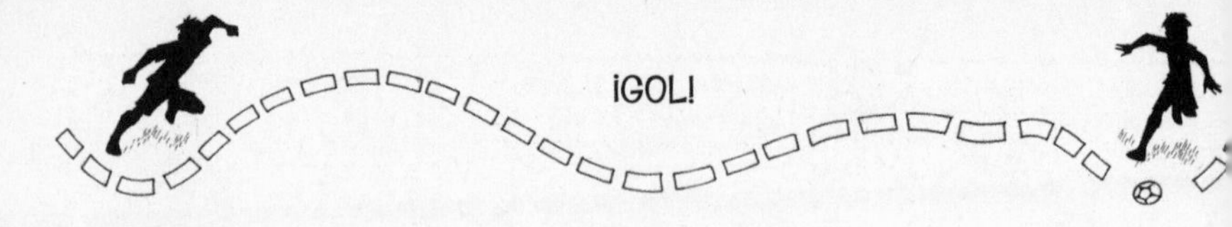

—¡Toda la jugada sin que el balón toque el suelo! ¡Ha sido una acción magnífica! —exclama el número 10.

—Este gol lo hemos construido en Brasil —comenta el cocinero, satisfecho—, peloteando sobre la arena de Copacabana.

—Es verdad —confirma Nico—. Nos metieron siete goles, pero gracias a eso hemos metido uno importantísimo.

Ese día, en la playa de Río de Janeiro, los Cebolletas fueron aplastados por los amigos brasileños de Rogeiro, muy hábiles jugando al vuelo, pero por lo que parece aprendieron la lección.

Como sabiamente dice siempre Gaston Champignon: «Se aprende más con las derrotas que con las victorias».

Los chicos del Dinamo se llevan enseguida la pelota al centro del campo y, animados por sus hinchas, que montan un gran estruendo con sus bocinas, se lanzan nuevamente al ataque.

Se diría que el gol que han encajado les ha devuelto las fuerzas. El número 9, sobre todo, está que muerde.

Ahí va otra vez al ataque.

SUPERA A SARA EN VELOCIDAD...
... Y ENGAÑA A FIDU CON UNA VASELINA PRECISA.
¡¡¡GOL!!!
¡PERO NO ES GOL! LARA DESPEJA LANZÁNDOSE...
... Y SE HUNDE EN UN CHARCO.
PLAFFF
¡NOOO! ¿POR QUÉ NO TE DEDICAS A JUGAR A LAS MUÑECAS?
PREFIERO EL BARRO.
EL NÚMERO 10 SACA EL CÓRNER.
PUM
FIDU SALTA MÁS ALTO QUE NADIE...
... PERO LA PELOTA MOJADA LE RESBALA COMO UNA PASTILLA DE JABÓN.
SARA Y EL NÚMERO 9 SE ABALANZAN SOBRE EL BALÓN...
... PERO EL PELIRROJO LLEGA ANTES: ¡1-1!
TOC

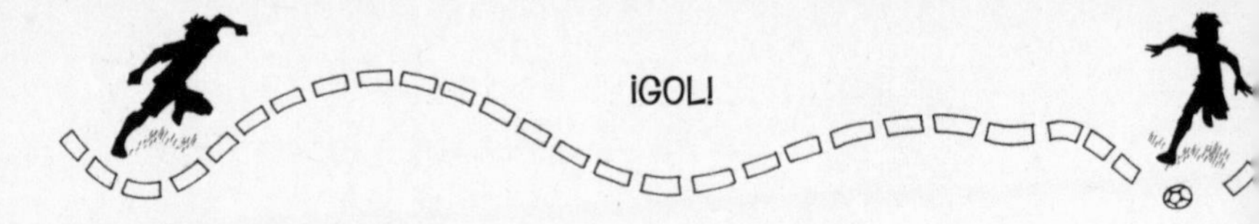

En cuanto dejan de sonar las bocinas, el árbitro pita para indicar el fin del primer tiempo. Los equipos vuelven a los vestuarios.

La madre de Becan reparte té caliente en vasos de plástico.

—¿Por qué no has despejado con el puño a córner? —pregunta Dani.

—Es que estaba seguro de que podía bloquearlo —contesta Fidu.

—Cuando llueve y el balón resbala, lo más seguro es despejarlo con los puños —le aclara Dani—. Augusto me estuvo entrenando toda una tarde a despejar con los puños.

—También te habría entrenado a ti si no te hubieras saltado el entreno —dice Sara a Fidu, con un poco de rencor—. Y ahora quizá iríamos 0-1 a nuestro favor.

—Pero sin mis paradas, guapa, ahora iríamos 5-1 para ellos... —le responde Fidu enseguida.

—No os peleéis, chicos —interviene Gaston Champignon—. No pasa nada. Estamos jugando un buen partido en un campo impracticable y contra chavales más fuertes que nosotros. ¿Estáis cansados?

—Un poco —responde Dani, que ha corrido sin parar en todas direcciones—. Me duele una pantorrilla.

El cocinero masajea la pierna del chico mientras da instrucciones:

—Seguid así y tratad de dar muchos pases a Becan y João, que pueden aprovechar su velocidad por las bandas, donde hay menos agua. ¡Ánimo, Cebolletas, vamos a ganar!

Nico, nerviosísimo, mira sin parar hacia la puerta con la esperanza de que aparezca Augusto con sus botas.

—Habrá encontrado mucho tráfico en la M-30 —lo tranquiliza Champignon—, pero enseguida llegará y te haré entrar, no te preocupes.

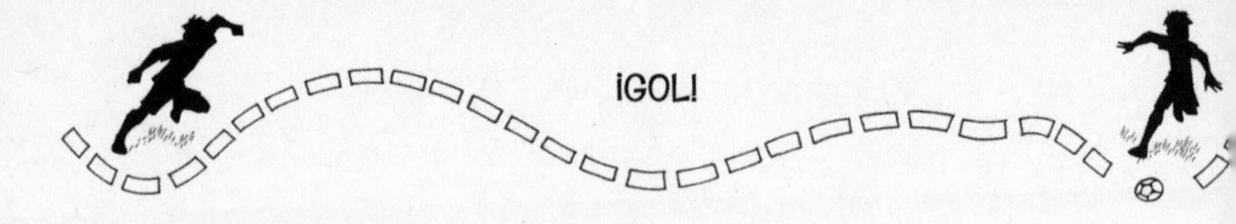

El número 5 lanza una falta que parece un cañonazo. Por si fuera poco, la pelota rebota sobre el charco que hay delante de la portería como si fuera un guijarro sobre la superficie del agua, y acaba en la red. La palomita de Fidu ha sido inútil. El Dinamo se pone por delante: 2-1.

El estrépito de las bocinas de los hinchas locales es ensordecedor: cualquiera diría que es carnaval. Y eso no es todo.

Champignon tiene que entrar en el campo para socorrer a Dani, que está tirado en el suelo con una pierna levantada y grita de dolor:

—¡Un tirón, míster! ¡Cómo duele...!

El cocinero masajea la pantorrilla de Dani, que se ha puesto dura como una piedra.

—Por hoy ya has corrido demasiado —decide Champignon, que acompaña a su jugador al banquillo y le pide a Nico que lo sustituya.

—¡Pero si no podré mantenerme en pie con estas zapatillas, míster! —se queja Nico—. Encima se ha vuelto a poner a llover...

—Intenta ser tan útil como puedas —le anima el cocinero—, juega por las bandas, donde hay menos agua. Siempre es mejor ser siete que seis.

Nico da tres pasos en dirección al balón, resbala como si hubiera pisado un plátano y se cae de culo en un charco.

En las gradas hasta el esqueleto Socorro parece reír.

Faltan diez minutos para el pitido final. Todo parece indicar que los Cebolletas van a perder por primera vez en el campeonato.

¡Pero ahí viene Augusto! Y no está solo.

Nico se levanta, mira hacia el banquillo y murmura con asombro:

—Papá...

6
¿UN GOL? NO, ¡UN GOLAZO!

—¿Qué haces aquí, papá? —pregunta Nico.

—Mejor di qué haces tú sentado en un charco —le replica el padre.

—La culpa es de mamá, que se ha equivocado y me ha puesto las zapatillas en vez de las botas —contesta el número 10.

—Ya sabes cómo es tu madre —comenta el padre de Nico—, es capaz incluso de confundir la sal con el azúcar...

—Buenos días, señor, la conversación sobre la sal y el azúcar es muy interesante, pero me gustaría acabar el partido —interviene el árbitro.

—Buenos días, señor guardia —replica el padre de Nico.

—No soy un guardia —precisa el árbitro un poco molesto.

—Entonces, ¿por qué va por ahí con un silbato?

—No le está tomando el pelo, señor árbitro. Es que mi padre nunca ha visto un partido de fútbol —se apresura a aclarar Nico.

—Chico, si te tienes que cambiar de botas, hazlo en la banda y luego vuelve a entrar. Yo sigo con el partido —le interrumpe el árbitro, que con un pitido ordena que continúe el juego.

Nico se calza las botas de tacos lo más rápidamente que puede. Augusto le ata los cordones de la bota derecha y Champignon los de la izquierda.

El número 10 entra corriendo en el campo, recibe un pase de Becan, con un golpecito levanta el balón y lo pasa de un cabezazo a Tomi, que se lo devuelve de otro cabezazo. Recorren así por lo menos diez metros, llevando el balón como si en medio tuvieran la red de tenis, y superan a tres adversarios del Dinamo, sorprendidos de ver el balón volar por encima de ellos.

—¿Lo ve, profesor? —explica Champignon en el banquillo—. El fútbol es como las matemáticas. Para cada problema hay una solución.

—Entiendo: el suelo está embarrado, así que hay que jugar por el aire —responde divertido el padre de Nico, que es idéntico a su hijo: delgaducho, con gafas y hasta con el mismo corte de pelo.

—No, profesor —responde Gaston al padre de Nico, agitando su cucharón—. ¡Es un golazo!

Los brasileños aporrean sus tambores empapados.

El Dinamo se vuelve a lanzar furiosamente al ataque, como después del 1-1. Fidu hace dos grandes paradas, el árbitro amonesta también a Sara por una zancadilla de más: las gemelas luchan como tigresas para detener al gran número 9. Aupados por las bocinas de sus hinchas, los chavales del Dinamo se lanzan todos al ataque, pero se confían demasiado, porque Fidu re-

cupera la pelota, la lanza más allá del centro del campo y Nico se ve solo corriendo hacia la portería. Corre controlando el balón con la cabeza y va pensando: «Llevar el libro sobre el coco a lo mejor no me ha ayudado a aprender inglés, pero ahora sé hacer de foca». Antes de que se interne en el área, el número 2, que lo va persiguiendo, decide hacerle una zancadilla. El árbitro pita la falta y amonesta al defensa.

La pelota está justo en el centro del charco.

—¿Puedo apartarla un poco? —pregunta Tomi.

Pero el árbitro es inflexible.

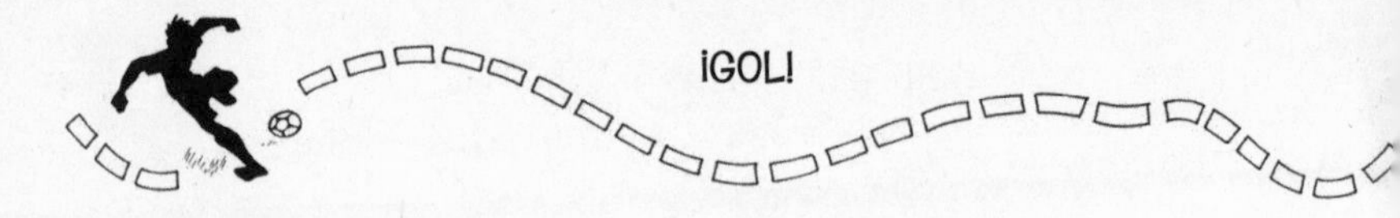

Es el gol de la victoria: ¡2-3! Cuando suena el pitido que indica el final del partido, todos entran corriendo al campo para celebrarlo; hasta el padre de Nico.

El chico no cree lo que están viendo sus gafas.

—Papá...

El único problema es que los zapatos de cuero del serio profesor de matemáticas resbalan sobre el fango y acaba sentado en un charco, empapándose su chaqueta y su pantalón de franela.

—Al fin he comprendido por qué son tan importantes los tacos... —murmura entre dientes el profesor.

Es martes. Tomi acompaña a Eva a la clase de baile, pero hay una novedad: en la mano lleva una bolsa.

—Lo voy a intentar —repite por milésima vez el capitán de los Cebolletas—, pero que quede claro que si no me gusta, yo la función no la hago. No te he prometido nada, ¿vale?

—Como quieras —dice Eva resoplando—. De todas formas, estoy segura de que te va a gustar.

Tomi no está convencido. Es más, en cuanto sale del vestuario con sus pantalones cortos y ve cómo le observan doce bailarinas que parecen mil por el reflejo de los espejos, el delantero centro decide todo lo contrario:

—Esto no me gusta nada.

—¡Bienvenido, querido muñeco de nieve! —exclama la señora Sofía—. Te presento a las ninfas del bosque, que te sacarán a bailar.

Tomi saluda a las bailarinas, y luego la mujer de Champignon le explica el argumento de la danza:

—Es la historia de un muñeco de nieve que tiene un gran sueño: moverse. Las ninfas del bosque satisfacen su deseo: le dejan bailar toda una noche y luego, por la mañana, el muñeco sigue bailando bajo el sol y se funde bajo sus rayos, feliz.

—Una bonita historia —dice Tomi.

La señora Sofía enciende el magnetófono y le dice:

—Ahora haré de muñeco y te enseñaré los movimientos con mis bailarinas. Luego probarás tú. Observa atentamente...

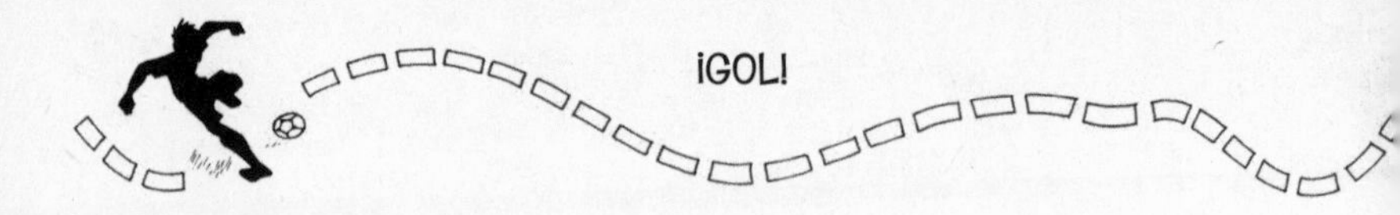

Tomi se queda mirando. Cuando le toca a él, está más tenso que si fuera a jugar la final de un campeonato. Tiene que coger por la mano a las bailarinas que lo rodean, una tras otra, y dar cada vez una vuelta sobre sí mismo.

Lo intenta, pero se siente incómodo, como cuando está en medio del campo entre adversarios que se pasan la pelota y él no logra interceptarla. Al final, la cabeza le da vueltas...

La señora Sofía apaga la música:

—Tomi, hasta Socorro parece más vivo que tú...

Las bailarinas sueltan una carcajada.

—Ya le había dicho que el baile no es lo mío, señora —se justifica Tomi, con la cara roja como un tomate.

—No es verdad, chico —responde la maestra—. Todos estamos hechos para bailar. No hay hombres que no sepan bailar, solo que hay que hacerlo con pasión. ¿Cuál es tu mayor sueño? ¿Jugar la final del campeonato del mundo?

—Como sueño no está mal —contesta sonriendo el capitán de los Cebolletas.

—De acuerdo —continúa la señora Sofía—. Cuando empiece a sonar la música, imagínate que acabas de marcar un gol en esa final. Las bailarinas son los compañeros que te rodean para darte la enhorabuena. In-

troduzcamos una pequeña variante en el baile: en lugar de coger a las chicas de la mano, «chócales la cebolla», como haces los domingos en el terreno de juego. Esfuérzate por imaginar la situación. Veamos...

El magnetófono vuelve a sonar, Tomi roza el puño de la primera bailarina y sueña con los ojos abiertos que está en el centro de un estadio lleno de gente, como el Maracaná de Río de Janeiro, en el que jugó el verano pasado. Piensa en la copa que va a levantar, hace un giro sobre sí mismo... Las figuras reflejadas en los espejos parecen los hinchas que han entrado al campo para llevarlo en volandas triunfalmente; da una nueva vuelta... con cada puño que roza se siente más ligero y alegre. Tomi danza, roza las manos de las chicas, gira, gira, gira y sonríe. No se ha enterado de que la música ha dejado de sonar.

Cuando se da cuenta y deja de bailar, las bailarinas y la señora Sofía aplauden. El capitán de los Cebolletas les da las gracias haciendo una elegante reverencia...

Al salir del vestuario, Eva le pregunta:

—¿Te has divertido?

—Creo que sí —contesta él, mientras recoge su bolsa.

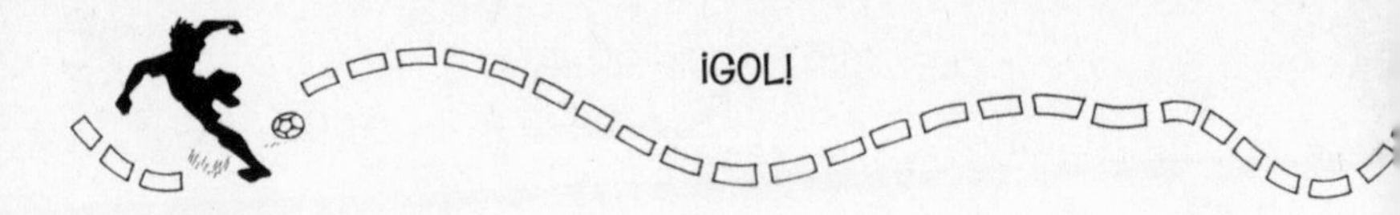

Entrenamiento del miércoles. Los chicos estudian los resultados de la segunda jornada del campeonato, que Gaston Champignon ha colgado como la vez anterior en el tablón de anuncios de la parroquia.

Partido	Resultado	Clasificación	Puntos
DINAMO AZUL - CEBOLLETAS	2 - 3	DIABLOS ROJOS	6
		CEBOLLETAS	6
VIRTUS B - ARCO IRIS	0 - 3	ARCO IRIS	3
		DINAMO AZUL	3
REAL BABY - DIABLOS ROJOS	2 - 8	REAL BABY	0
		VIRTUS B	0

—Los Diablos Rojos han vuelto a ganar sin despeinarse: 8-2 —observa Tomi—. Son realmente buenos.

—En cualquier caso, tienen los mismos seis puntos, que nosotros —dice Becan con orgullo—. ¡Es genial verse ahí arriba, en la parte alta de la clasificación!

Gaston Champignon intenta calmar el entusiasmo:

—Fijaos también en el resultado del Arco Iris, chicos: ha ganado por 0 a 3. Nos enfrentamos a ellos el próximo domingo. Será otro partido duro.

—Pero ¡al Virtus B le ganan todos, míster! —exclama Fidu—. No tiene ningún punto. Deben de ser un poco cortitos...

—Fidu —le regaña el cocinero—, en vez de criticar a los demás, piensa en el gol que te metieron el domingo pasado...

—Pero son accidentes que les ocurren a los mejores porteros del mundo —se justifica Fidu.

—Sobre todo a los que se fuman muchos entrenamientos... —añade Augusto, que por fin hoy podrá enseñar a Fidu a despejar con los puños, un método de lo más útil cuando se juega con un balón resbaladizo.

Champignon entrena a Lara y Sara para que practiquen el juego de cabeza: ha atado el balón a una cuerda que cuelga del travesaño. Las dos gemelas echan a correr por turnos y golpean la pelota con la frente, sin dejar de correr.

João y Becan se ejercitan con su pie menos dotado. Se han colocado a un metro de la pared: Becan, que es diestro, golpea el balón con el pie izquierdo, mientras João, zurdo, lo hace con el derecho. Así pasan más de una hora, cara a la pared, como dos alumnos castigados: para mejorar hay que tener mucha voluntad y mucha paciencia.

Nico y Dani pelotean y se pasan el balón.

Tomi, en cambio, prueba una finta que se le ocurrió mientras bailaba la danza del muñeco de nieve, en la

sala de los espejos. La llamará precisamente así: «la finta del muñeco de nieve».

Después de la ducha, Fidu saca un albornoz de su bolsa y se lo pone encima.

—¿Qué albornoz es ese? —pregunta João.

El portero se mira en el espejo y se da cuenta de su error:

—¡Vaya! No es un albornoz, en realidad es mi quimono de judo...

—¿Desde cuándo practicas judo? —le pregunta Nico.

—Desde que falta por lo menos a un entrenamiento cada semana —responde Tomi, el capitán, con aire provocador.

—¡Pues el judo es un entrenamiento magnífico para un portero! —se justifica Fidu—. Yo el balón no lo paro: ¡lo tumbo!

El jueves por la mañana, Fidu, Nico y Tomi van caminando hacia el colegio. Ya no llueve y el cielo está despejado, pero hace mucho frío. La temperatura ha caído de golpe.

Desde que se han encontrado, Nico no ha abierto la boca.

—¿Te has tragado la lengua con el café con leche? —le pregunta Fidu.

—Dejadme en paz —replica el número 10—, estoy demasiado nervioso. Esta mañana tengo el primer examen de inglés.

—No te preocupes, Nico —le tranquiliza Tomi delante de la puerta de la escuela—. Si no te va bien, te pondrán notable, si te va fatal, aprobado, y si te va como de costumbre, sobresaliente.

7 UNA ZANAHORIA EN LA NARIZ

Tomi tiene que asistir a su segunda lección de baile esta semana. Ya estamos en noviembre, la representación de Navidad se acerca y la señora Sofía quiere hacer más ensayos.

Eva lleva unos guantes de lana rojos como sus orejeras. Observa el cielo blanco y dice:

—Con este frío no sería raro que nevara.

—Ojalá —responde Tomi—. Así podréis haceros un muñeco de nieve que baile en mi lugar...

—Creo que no te gustaría... No quieres admitirlo, pero bailar te gusta tanto como jugar al fútbol.

—Lo que no entiendo es por qué el muñeco de nieve quiere bailar bajo el sol si sabe que lo fundirá.

—Porque el sol es bonito —contesta Eva con una sonrisa—. Así de simple.

Se para delante de una vitrina de la Gran Vía, mira su reflejo en el cristal y pregunta a Tomi:

—Y yo, ¿no soy bonita?

—Nunca se había visto un sol con orejeras —dice Tomi sonriendo.

En la escuela de danza, la mujer de Gaston Champignon anuncia una sorpresa:

—Hoy nos probaremos la ropa de la función. ¡Id a cambiaros!

Las bailarinas, llenas de curiosidad, se van corriendo a los vestuarios. Tomi encuentra en el suyo un mono blanco muy ceñido, que le cubre incluso la cabeza. Una especie de traje de submarinismo. Trata de ponérselo con grandes dificultades, se mira en el espejo y agita la cabeza consternado. Luego se da cuenta de que hay un cono naranja con una goma elástica apoyado en el banco y comprende que es la nariz del muñeco de nieve. Se lo pone, se vuelve a mirar en el espejo y agita la cabeza, todavía más consternado.

—¿Estás listo, Tomi? —le pregunta la señora Sofía desde la sala de los espejos—. Una novia se viste más rápido que tú...

—¡Yo no salgo disfrazado así! —responde el capitán de los Cebolletas.

—Pero si es un disfraz precioso —intenta convencerlo la mujer de Champignon—. Créeme: será un éxito.

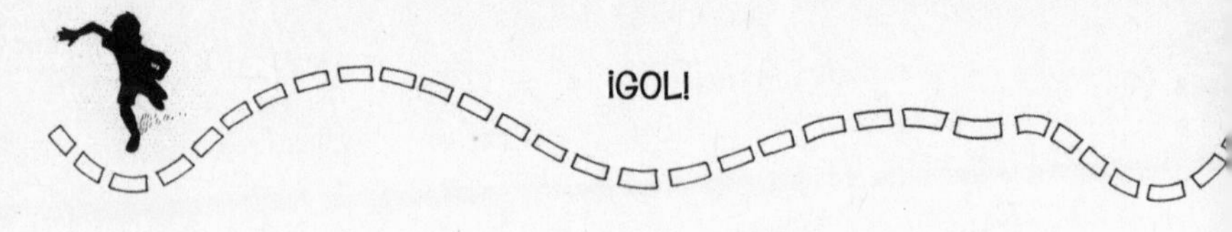

—¡Con una nariz naranja de diez centímetros de largo no se puede hacer más que el ridículo! —objeta Tomi.

—No tiene nada de raro —explica la maestra—. Todos los niños del mundo utilizan una zanahoria para hacerles la nariz a los muñecos de nieve.

—¡Pero el capitán de los Cebolletas no puede ir por ahí con una zanahoria en la nariz! —dice Tomi casi gritando.

—Vamos —dice con un tono decidido la señora Sofía—, sal de ahí o entro yo a por ti.

Tomi abre lentamente la puerta del vestuario.

—¿Qué te decía? ¡Estás espectacular! —exclama la señora Sofía—. Chicas, ¿no es una preciosidad nuestro muñeco de nieve?

Un par de bailarinas se tapan la boca para disimular la risa. Tomi nota cómo se le encienden las mejillas, como si le hubieran colocado encima dos pizzas recién salidas del horno.

¿Ves qué avergonzado está el pobre? Todo blanco, menos la cara roja, nuestro Tomi parece una cerilla...

Pero luego ve a Eva vestida de sol, que le sonríe... y se le olvida todo. Está realmente guapa con su disfraz amarillo y su faldita de tul. En la cabeza lleva una corona de rayos y en las mejillas un montón de purpurina. De repente, Tomi comprende por qué el muñeco de nieve quiere bailar con el sol, en lugar de quedarse a la sombra y durar más tiempo.

La señora Sofía explica los pasos y luego pone música. Tomi coge a Eva de la mano, le sonríe y se deja guiar por sus movimientos. Se va inclinando poco a poco, se pone de rodillas, se sienta y, cuando la música se detiene, está tumbado en el suelo como un muñeco de nieve derretido. Una mancha blanca sobre el pavimento.

Las bailarinas aplauden, y la señora Champignon exclama con entusiasmo:

—*Superbe!*

Está a punto de empezar la tercera jornada del campeonato. Es domingo por la mañana y estamos en la parroquia de San Antonio de la Florida. Los Cebolletas juegan en casa contra los chicos del Arco Iris, que llevan puesta

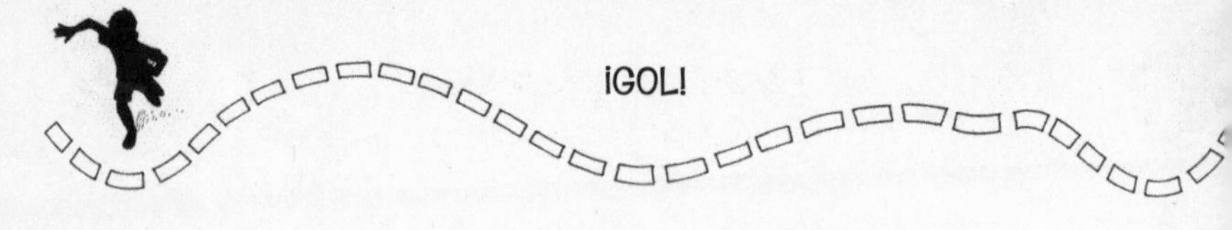

una bonita camiseta blanca con los colores del arco iris. La gente que sale de misa se distribuye alrededor del campo y se dispone a esperar que empiece el partido.

—¿Contra quién jugamos hoy? —pregunta don Calisto, que lleva una gran bufanda negra al cuello.

—Contra el Arco Iris —responde el padre de Tomás.

—¿Quién dice que hace un día gris? —pregunta el párroco, que no ha oído bien, como de costumbre.

—¡Arco Iris, no gris! —grita el padre de Tomi al oído del sacerdote.

En el vestuario, Fidu observa ponerse los guantes a João, y luego las medias y una cinta de lana que le cubre las orejas.

—Acuérdate de que estamos aquí para jugar un partido de fútbol —le advierte el portero—, no para hacer un eslalon gigante sobre la nieve.

—No estoy para bromas —contesta João—. Para un brasileño como yo, acostumbrado al calorcito del sol, este frío es horroroso. Tengo la sensación de jugar dentro de una nevera...

Llaman a la puerta. El árbitro saluda y empieza a leer los nombres de las tarjetas para pasar lista. Uno por uno, los Cebolletas levantan el brazo y enseñan el número que llevan en la camiseta.

—¡Buen partido, chicos! —les felicita el árbitro antes de salir.

Tomi alarga la mano y sus compañeros ponen la suya encima.

—¿Somos pétalos o una flor?

—¡Una flor! —responden al unísono todos los Cebolletas.

Salen todos al campo. El padre de João toca el tambor. El árbitro pita el comienzo del encuentro. ¡A jugar!

Los Cebolletas parecen tener un buen día y salen al ataque, para gran alegría de los chicos de la parroquia, que los animan desde las gradas. Después de dos victorias, los jugadores de Champignon han tomado confianza en sus propias capacidades. ¡Ya no se sienten los recién llegados, sino los primeros de la clasificación!

Nico está dando unos pases estupendos, por la derecha Becan ya ha hecho buenos cruces, mientras por la izquierda João no para quieto, corre hasta cuando no le llega el balón, y cuando sale del campo se pone a dar botes. Probablemente lo hace para mantenerse calentito, porque quieto siente mucho más el frío.

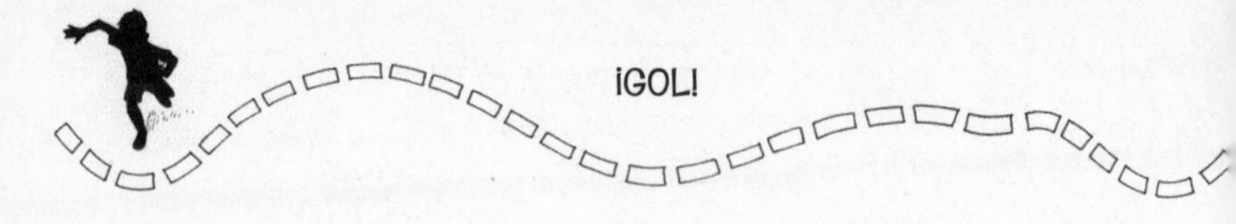

El Arco Iris tiene en punta a dos rubios muy veloces que se entienden a la perfección y se parecen como dos gotas de agua. Para saber a cuál de los dos han de marcar, Lara y Sara deben mirarles continuamente el número que llevan en la espalda. Se han puesto de acuerdo: Sara intentará detener al número 11 y Lara al 9.

Mientras esperan un saque de esquina, los dos atacantes del Arco Iris se presentan.

—Encantado, me llamo Pavel —dice el número 9, dando la mano a Lara en el área de los Cebolletas.

—Encantado, yo me llamo Ígor —dice el número 11 a Sara—. ¿Sois gemelas?

—Sí —responde Lara, un poco sorprendida ante tanta amabilidad—. El gusto es nuestro, nosotras somos Sara y Lara, pero si contáis con distraernos haciéndonos hablar, estáis muy equivocados...

El balón cae hacia la cabeza rubia de Ígor, pero Sara salta más alto y lo despeja fuera del área. Nico se hace con él y lo lanza inmediatamente a Becan, quien vuelve a echar a correr por la banda derecha, supera a un defensa y pasa al centro, a Tomi, que tiene ante sí a dos defensas.

«Una ocasión ideal para ensayar la finta del muñeco de nieve», piensa el capitán.

En las gradas se oye un «¡Ooohhh!» maravillado. Tomi chuta en cuanto sale el portero, que consigue alargar la pierna y desviar la pelota fuera, cediendo un córner. Los espectadores aplauden. Los amigos brasileños de João aporrean sus tambores.

—¿Sacas tú el córner? —pregunta Becan a Nico.

—Sí, pero llámalo «saque de esquina», por favor. Detesto las palabras inglesas... —contesta el número 10 antes de lanzar el córner desde el banderín.

Sara, que ha llegado corriendo desde la defensa, salta altísimo y de un cabezazo manda la pelota a la red: ¡1-0 para los Cebolletas, que lo celebran a lo grande!

En el banquillo, Champignon y Augusto «chocan la cebolla».

—¡Mis ejercicios con los toques de cabeza han sido útiles! —exclama el cocinero, quien le pasa un pañuelo al chófer.

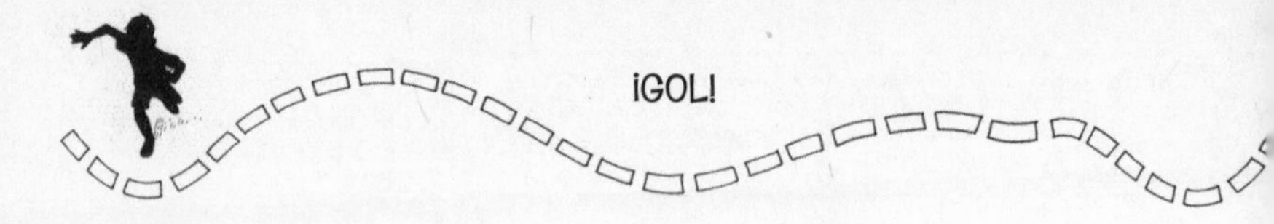

Augusto se frota los ojos con él:

—Querido Champignon, tengo que admitir que el primer gol en el campeonato de mis señoritas me ha emocionado un poco...

Los Cebolletas están a punto de ampliar la ventaja en dos ocasiones: un buen saque de falta de Nico y una chilena de Tomi. Pero a pocos segundos del final del primer tiempo, Ígor sale corriendo a toda mecha desde el centro del campo, dribla a Nico haciéndole un túnel, elude a Sara y, antes de que pueda intervenir Lara, dispara.

El rubio ha golpeado el suelo con la punta de la bota, por lo que se levanta una nubecilla de polvo y el balón llega débil a la portería. Ningún problema para el guardameta. Fidu se inclina para atraparlo pero, aunque parezca increíble, se le cuela entre las piernas y llega al fondo de la red. Una pifia monumental...

Pavel sale corriendo a abrazar a su gemelo.

Sara y Lara los observan irritadas, con las manos apoyadas en las caderas.

Ígor dice sonriendo:

—Gemelos rubios 1 - Gemelas pelirrojas 1.

En el descanso, Augusto explica a su portero en el vestuario el error que ha cometido:

—¡Fidu, te has olvidado de poner la rodilla en tierra! Es lo primero que te enseñé. ¿Te acuerdas? Si hubieras clavado la rodilla en el suelo, esa pelota no habría entrado.

—La memoria no tiene nada que ver, es la falta de entreno —comenta Nico, un poco molesto—. Es como en el cole: quien no hace bien los deberes en casa, luego se equivoca en los exámenes en clase.

Fidu, que está bebiendo el té preparado por la madre de Becan, replica enfadado:

—Qué lástima que no estemos en el cole, Nico ¡y que tú no seas mi maestro!

—Nico tiene razón —interviene Sara—. Nosotros vamos siempre a los entrenos, aunque haga frío o llueva. Tú, en cambio, te quedas bien calentito en el gimnasio, con tu pijama.

—¡No es un pijama! —responde Fidu—. ¡Es un quimono de judo!

—No será un pijama —le chincha otra vez la gemela—, pero hoy en el campo pareces dormido.

Gaston Champignon interrumpe la discusión:

—¡Ya basta, chicos! Estáis haciendo de pétalos y todavía tenemos que jugar el segundo tiempo. Volved al campo y comportaos como una flor.

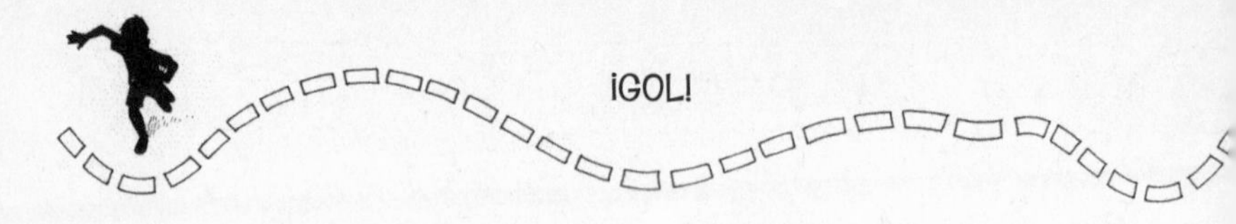

—El míster tiene razón —dice Becan—. En un equipo ganan o pierden todos. Además, Fidu no ha sido el único que ha cometido errores. También nosotros hemos fallado en ataque.

João, que se ha pasado todo el descanso pegado al radiador, se vuelve a poner los guantes y la cinta sobre el pelo y regresa al terreno de juego.

En la segunda parte, los gemelos del Arco Iris salen como truenos. Se entienden realmente bien, se pasan la pelota sin mirarse siquiera, como si el uno supiera de memoria los movimientos del otro. Se intercambian constantemente las posiciones, de modo que Sara y Lara deben correr a derecha e izquierda para tratar de detenerlos.

Ígor y Pavel nacieron en Ucrania, como Andriy Shevchenko, el gran delantero que jugaba en el Milán. Cuando cogen velocidad, los dos gemelos son verdaderamente imparables, como su jugador favorito.

De hecho, Sara ha tenido que agarrar por la camiseta al número 11, que se escapaba con la pelota pegada al pie hacia la meta.

Obviamente, el árbitro se ha dado cuenta.

¡FALTA DIRECTA!
PIII
SARA, LARA Y BECAN FORMAN LA BARRERA.
ÍGOR TOMA CARRERILLA...
... Y PAVEL SE COLOCA AL LADO DE SARA.
¡OS ACOMPAÑO!
PERO NADA DE BROMAS.
¡PIIII!
ÍGOR FINGE QUE VA A PEGAR UN DERECHAZO...
... PERO, EN CUANTO LOS CEBOLLETAS CIERRAN LOS OJOS A LA ESPERA DEL CAÑONAZO...
... PASA LA PELOTA A SU GEMELO...
TOC
... QUE SE GIRA A LA VELOCIDAD DEL RAYO Y DISPARA A PUERTA.
FIDU, SORPRENDIDO, VE LA PELOTA AL FONDO DE LA RED.
¡GEMELOS RUBIOS 2, GEMELAS PELIRROJAS 1!

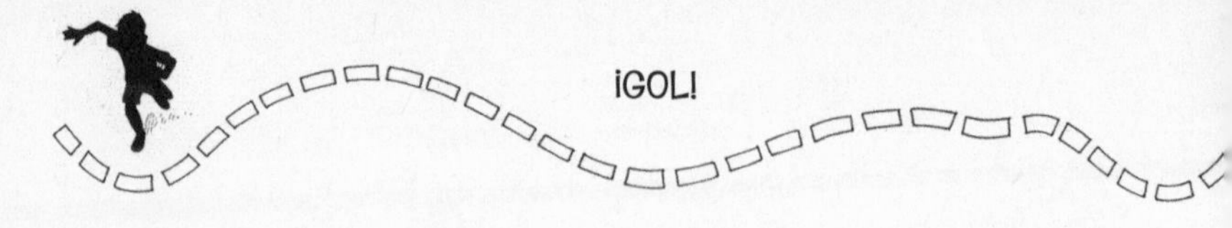

Sara y Lara, que se sienten burladas, llevan de inmediato el balón al centro del campo para reemprender el partido. ¡Tienen una mirada feroz!

Gaston Champignon hace entrar a Dani-Espárrago en lugar de João, que no ha logrado sobreponerse al frío y ya no siente las puntas de los pies. El pequeño brasileño se va corriendo al vestuario para darse una ducha calentita.

Faltan ya muy pocos minutos para el final cuando los Cebolletas consiguen finalmente forzar un saque de esquina.

Ígor y Pavel se miran asombrados, mientras Lara, felicitada por sus compañeros, exclama:

—¡Gemelas pelirrojas 2 - Gemelos rubios 2!

El partido acaba así. Después de dos victorias, los de Champignon tienen que conformarse con un empate.

Los Cebolletas se ponen en dos filas y chocan la mano de sus adversarios cuando pasan por en medio.

—Muy bien, chicas —las felicitan los rubios—, habéis jugado realmente bien.

Sara y Lara sonríen y contestan:

—Vosotros también. Ha sido un partido bonito. ¡Nos vemos a la vuelta para la revancha!

Augusto, de lo más emocionado, sale corriendo para felicitar a las gemelas goleadoras. En las gradas hay algunos chicos de los Tiburones Azules.

—No sabe a gran cosa un empate en casa —dice Pedro con una risita sarcástica mientras baja al campo—. Me parece que habéis perdido el primer puesto de la clasificación.

—Lo importante es que seguimos invictos —contesta Tomi con serenidad—. Además, no somos campeones como vosotros. Estamos aprendiendo.

En la tribuna, parece que a Socorro le castañeteen los dientes de frío.

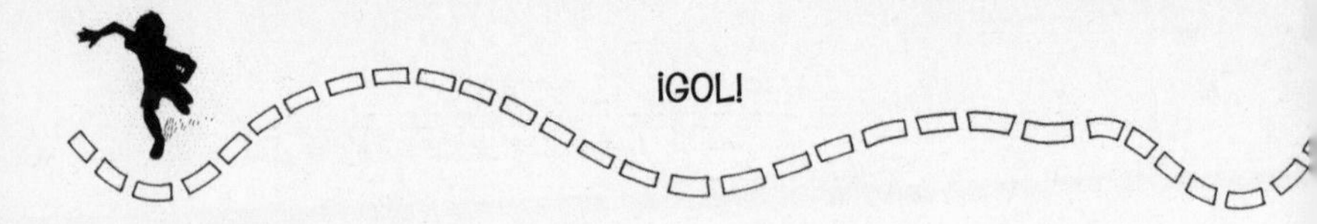

Eva se despide del capitán de los Cebolletas alargando un dedo como en *E. T.*:

—Adiós, Tomi, me tengo que ir pitando. *Teléfono... mi caaasa...*

Nico la observa mientras se aleja y pregunta a su amigo:

—¿No te parece un poco rara esa chica?

—Es bailarina. Todos los grandes artistas son un poco excéntricos —responde Tomi con una sonrisa.

8 LA PARADA DEL ESCORPIÓN

Esta tarde los Cebolletas van al cine. Se han encontrado en la parroquia de San Antonio de la Florida para ver una película de Harry Potter. Pero hay un problema: Nico no quiere entrar.

—Ese mago de tres al cuarto es inglés, y yo con los ingleses no quiero tener nada que ver... —explica el número 10.

—¿Solo porque no te salió bien el examen? —pregunta Sara—. Pero ¿te parece inteligente? Entonces, si te sale mal un examen de lengua española, ¿qué harás? ¿Te irás a vivir al extranjero?

—Además, el examen de inglés no le fue mal —dice Fidu, pescando en su bolsa un puñado de palomitas—. Ha sacado un aprobado. Yo, cuando saco un aprobado, me paso tres días celebrándolo sin parar.

Nico agita la cabeza, mirando fijamente un punto en el vacío:

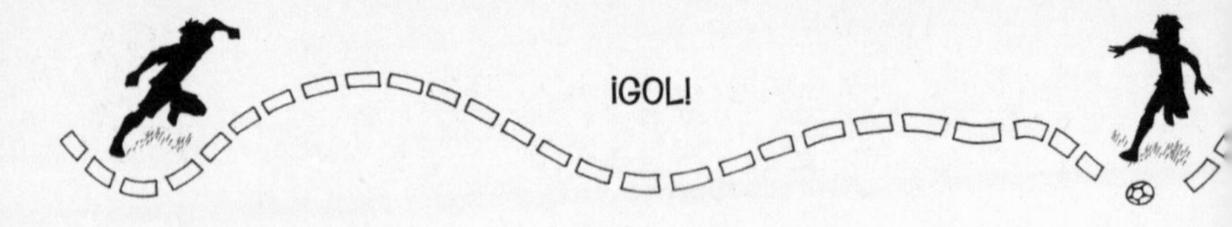

—Aprobado... Qué vergüenza... Desde la época de mi bisabuelo Amílcar un miembro de mi familia no sacaba una nota tan baja...

—Me parece que estás exagerando un poco —comenta Tomi, que le ha comprado las entradas a don Calisto y las está repartiendo entre sus amigos—. Solo te has equivocado con algunas palabras. Le pasa a todo el mundo.

—¿Algunas palabras? —Nico se saca del bolsillo el examen de inglés—. Mira, capi: parece un estanque lleno de peces rojos. ¡Mira cuántas correcciones con el bolígrafo rojo! Soy la vergüenza de la familia...

Fidu le arranca la hoja de las manos y se la guarda en el bolsillo.

—¡Devuélvemela! —protesta Nico.

—Cuando acabe la peli. Ahora entra en el cine y déjate de cuentos —le ordena el portero—. Si un futbolista se echara a llorar cada vez que se equivocara en un pase, seguro que perdería el partido. Lo que tiene que hacer es luchar para hacerlo mejor la próxima vez. ¿O me equivoco, chicos?

—Por raro que parezca, Fidu ha dicho algo inteligente —concede Lara.

—Gracias, Lara, eres una amiga de verdad —contesta el guardameta.

Y se traga otro enorme puñado de palomitas.

Sara y Lara cogen a Nico por el brazo y lo arrastran al interior de la sala.

Los Cebolletas ocupan una fila entera. Un poco más adelante están sentados los chicos de los Tiburones Azules, que se dan la vuelta para saludar a sus contrincantes.

—¿Ni un triste gol el domingo pasado, Tomi? —pregunta Pedro con su sonrisita insoportable.

—Me los guardo para vosotros, cuando nos veamos las caras en la final —responde el capitán.

—¿Esperáis realmente llegar a la final? —pregunta César, el defensa de los Tiburones—. El domingo los Diablos Rojos ganaron y se os han puesto por delante.

—Estamos a solo dos puntos —contesta Sara— y todavía queda mucho campeonato. El próximo domingo jugamos contra los últimos de la clasificación y podremos volver a alcanzarlos.

—Nosotros, en cambio, vamos los primeros de grupo y hemos conseguido todos los puntos —afirma Pedro—. Dime la verdad, Tomi: ¿no te arrepientes de haber dejado los Tiburones?

—Cuanto más te veo, más convencido estoy de haber hecho lo correcto al cambiar de equipo —responde el número 9.

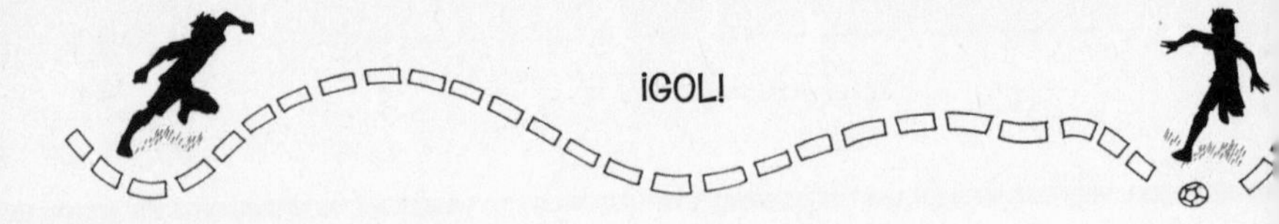

Los Cebolletas se echan a reír, divertidos. Las luces de la sala se apagan.

João piensa que, si tuviera una varita mágica, ordenaría al cálido sol de Río de Janeiro que se trasladara a Madrid. O mejor aún: se subiría a una alfombra mágica e iría volando a la playa de Copacabana.

Nico se saca del bolsillo un pequeño diccionario y lo ilumina con una lamparita que se ha traído de casa. Se le ha ocurrido una palabra en inglés y quiere comprobar su significado.

Fidu se ha dado cuenta:

—¡Esconde enseguida ese libro o me lo como!

Nico le obedece y apaga la luz.

Eva observa a Harry Potter leyendo un libro enorme con su compañera de escuela Hermione. Susurra a Tomi:

—Qué monos los dos juntitos.

—Sí —responde él en voz baja.

En el intermedio, Nico va al bar de don Calisto a comprar una bolsa de palomitas. Nada de «chips», que tienen un nombre inglés.

Hoy hay una niebla espesísima. Desde el medio del campo no se puede ver ninguna de las porterías. A To-

mi le gusta la niebla, porque lo vuelve todo más misterioso. Se oyen pasos de personas invisibles, aparecen de repente caras, los ruidos suenan distinto de lo normal, incluso los que hace el balón. Le parece que la niebla es una especie de compañero de juego, que de vez en cuando baja a buscarlo.

A João, en cambio, que nació en Río de Janeiro, donde siempre luce el sol, ese extraño mar gris le provoca una gran melancolía. Le gustaría lanzar el balón altísimo, para hacer un agujero en la niebla y ver por fin el cielo azul.

Tomi, que pelotea junto a su amigo brasileño, sabe perfectamente en qué está pensando y le anima:

—Aguanta, João, pronto llegará la primavera...

—Eso espero. Este frío me congela todos los regates... —contesta João con una sonrisa.

Gaston Champignon lleva una enorme bufanda anudada al cuello y tiene la nariz roja. Probablemente se ha resfriado, pero no ha querido faltar al entrenamiento.

—Señoras y señores —dice—, hoy tenemos el honor de contar entre nuestras filas con el gran Fidu, ¡portero de fama internacional y futura estrella de la lucha libre!

Los Cebolletas aplauden y ríen.

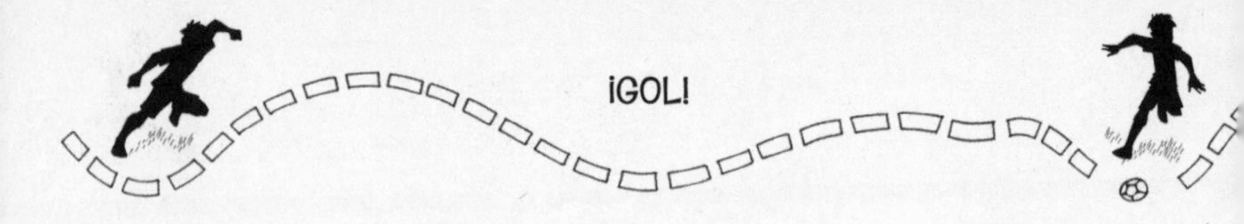

—Muy graciosos —masculla Fidu—. Veremos si la próxima vez le hacéis el mismo numerito a Nico. No soy el único que se salta un entreno de vez en cuando.

—Nico solo se ha perdido este. Tiene que estudiar inglés —explica Sara.

—Además, no se marca las pifias que haces tú últimamente —añade Lara.

Augusto se apresura a ayudar al portero:

—No te enfades, Fidu. Es nuestro destino: si un jugador se equivoca, no pasa nada y la gente lo olvida enseguida; en cambio, si el que se equivoca es un guardameta, hay gol y todos lo recuerdan. Vamos, a trabajar, chico...

Fidu se quita la cadena de lucha libre y la tira dentro de la portería. Luego se pone los guantes y se coloca entre los dos palos. Los Cebolletas se ponen a correr alrededor del campo y en un segundo se los traga la niebla.

Augusto empieza a entrenar a Fidu con los tiros rasos. Luego le pone a practicar el bloqueo de la pelota, disparándole tiros a media altura.

Ahora le ha pedido que se siente sobre la línea de meta con la cara vuelta hacia la red. En cuanto oye el pitido, Fidu se levanta, se gira y se lanza hacia el ángu-

lo al que ha apuntado Augusto. Entre un ejercicio y el siguiente, el portero pierde el resuello y toma un trago de la botellita de plástico que guarda junto a un poste.

Augusto se ha dado cuenta de que el guardameta está un poco aburrido de los ejercicios de siempre y piensa para sí: «Es el momento de enseñarle la parada del escorpión...».

Se acerca a Fidu y le pregunta:

—¿Has oído hablar de René Higuita?

—No —responde el portero de los Cebolletas.

—Higuita era el guardameta de la selección nacional de Colombia —le cuenta Augusto—. Un tipo extraño, que de vez en cuando salía del área con la pelota entre los pies y se ponía a regatear adversarios. Llegó a marcar algunos goles. E inventó una parada espectacular, tan rara como él: la parada del escorpión.

—¿La parada del escorpión? —pregunta Fidu, curioso.

—Sí —prosigue el chófer—. Un día llegaba a portería un balón que caía en picado desde el aire. Higuita se lanzó como si quisiera despejarlo con la cabeza, pero dobló las piernas hacia atrás antes de apoyar las manos en el suelo y lo rechazó con la suela de las botas. Tírame el balón y te lo enseño...

—¡Brutal! —exclama Fidu, que quiere ensayar la parada enseguida.

La primera vez se tira demasiado pronto y golpea la pelota con la cabeza. La segunda se lanza a tiempo, pero no logra pegarle a la pelota con los pies. La tercera le sale todo perfectamente.

Se levanta entusiasmado:

—¡He hecho el escorpión!

Sus compañeros, que están entrenando en la portería opuesta envueltos por la niebla, no han visto nada, de modo que, cuando Champignon les hace jugar el partido que echan siempre al final de los entrenamientos, Fidu puede sorprenderlos con su nueva parada.

La jugada empieza con Sara, quien pasa a Becan, que sale corriendo por la derecha y la cruza a Tomi, que da un cabezazo. Es la pelota que estaba esperando Fidu... El portero se lanza hacia delante como si quisiera

golpearla con la cabeza, pero dobla las piernas hacia atrás y la rechaza con la suela de las botas.

—*Superbe!* —exclama Champignon.

Augusto sonríe.

Los Cebolletas se han quedado con la boca abierta.

Fidu se levanta y dice con mucha naturalidad:

—¿Nunca habíais visto a un escorpión, chicos?

Es jueves por la mañana. En cuanto Tomi sale del portal de su casa, ve la primera fotocopia. Está colgada de la pared del portero automático y se le ve a él con su mono blanco y el cono naranja sobre la nariz. Bajo la foto han escrito el siguiente lema: «El muñeco Tomi».

Tomi se queda parado: ¿quién puede haberle hecho semejante broma?

La segunda fotocopia se la encuentra pegada con cinta adhesiva en la parada del autobús. La tercera la llevan en la mano Fidu y Nico, que lo están esperando en el lugar de siempre para ir juntos a la escuela.

—Pero ¿qué haces vestido así, capi? —le pregunta Nico.

—Bailo —responde Tomi, que aún no se ha repuesto de la sorpresa.

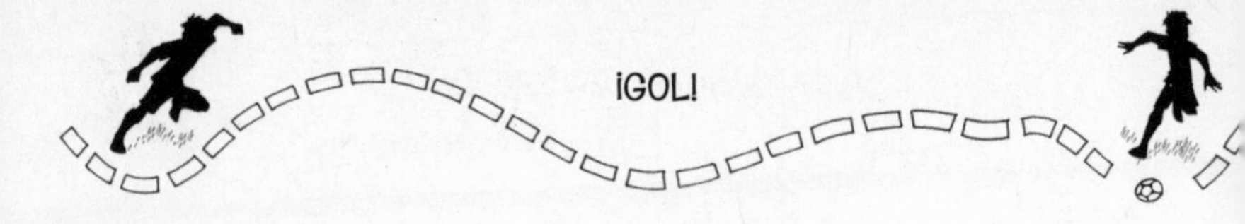

—¿Bailas? ¿Y... no nos has dicho nada? —exclama Fidu.

—Ayudo a Eva a preparar su función. Tú tampoco nos habías dicho que fueras a judo —responde Tomi.

—Sí, pero yo no combato con una nariz de cartón y un mono blanco. Pareces una gallina...

Tomi observa la foto y, efectivamente, cuanto más se mira más ridículo se siente. Es una sensación extraña porque, cuando danzaba con Eva, le parecía ser el bailarín más guapo del mundo.

—¿Quién me habrá gastado esta broma? —pregunta el capitán de los Cebolletas.

—Creo que lo sé —contesta Nico—. ¿No nos había dicho Eva que iba a bailar con la prima de Pedro? Pedro se habrá enterado, fue a hacerte una foto a escondidas y luego ha colgado las fotocopias por todas partes. Hasta en la escuela, me apuesto lo que quieras...

En efecto, nada más llegar Tomi, los que están sentados junto a la puerta le señalan con el dedo y se echan a reír. Al capitán de los Cebolletas le gustaría encerrarse en el cuarto de baño y no salir hasta que hubieran acabado las clases.

Durante el recreo, Pedro y César pasean con un bocadillo en la mano por delante de la clase de Tomi.

—Felicidades, una broma realmente ingeniosa —les dice él.

El caradura de Pedro le responde irónico:

—No pensarás que hemos sido nosotros, ¿verdad? Nunca haríamos nada parecido.

—De todas formas, te sienta muy bien ese disfraz... —dice riendo con maldad César.

—Ya hemos comprado entradas de primera fila —le anuncia Pedro—. Estaremos los Tiburones en pleno en tu espectáculo de danza.

—Y al final te lanzaremos rosas, como se hace con las bailarinas —añade César.

Los dos se vuelven a su clase entre carcajadas.

—No irás a participar de verdad en esa función... —le pregunta Fidu, preocupado.

—Ya se lo he prometido a Eva —suspira Tomi.

—Piénsatelo bien, capitán —le sugiere Nico—. Los Tiburones te van a despellejar.

Tomi se pasa toda la tarde pensando en el tema. Va incluso a pedirles consejo a los pececitos del estanque del Retiro, como hace siempre que tiene que tomar una decisión complicada. Arroja unas migas de pan al agua y, normalmente junto con los peces, salen a la superficie las respuestas correctas.

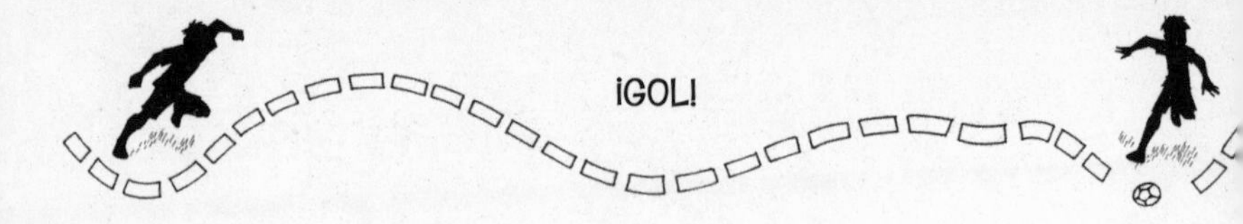

Por la tarde le telefonea Sara:

—Nico me lo ha contado todo. Hazme caso: un capitán no se derrite como un muñeco delante de sus adversarios.

Después de la cena, Tomi llama a Eva para decirle que no participará en la función de Navidad.

—¿Te da vergüenza bailar conmigo? —pregunta la bailarina.

—Pero es que soy el capitán de los Cebolletas —contesta Tomi.

—¡Y yo soy el sol! —replica Eva antes de colgar.

9
¿UNA FLOR? NO, ¡PÉTALOS SUELTOS!

A pesar de los tambores de los brasileños, los platillos del padre de Tomi y la guitarra de Nico, esta mañana no cunde la alegría habitual en el Cebojet.

En parte se debe a la mala noticia que les ha comunicado Augusto: «Esta mañana Lara se ha despertado con la cara llena de manchitas rojas. Todo parece indicar que es varicela, lo que significa que no podrá jugar los dos últimos partidos de la fase de ida. No volverá al campo hasta la fase de vuelta, en marzo. Así que Dani-Espárrago tendrá que jugar de defensa en lugar de ella».

Los Cebolletas han llamado enseguida con el móvil de Champignon a Lara para desearle que se cure muy pronto.

El pétalo afectado de varicela les ha correspondido deseándoles mucha suerte:

—¡Regaladme una victoria, muchachos!

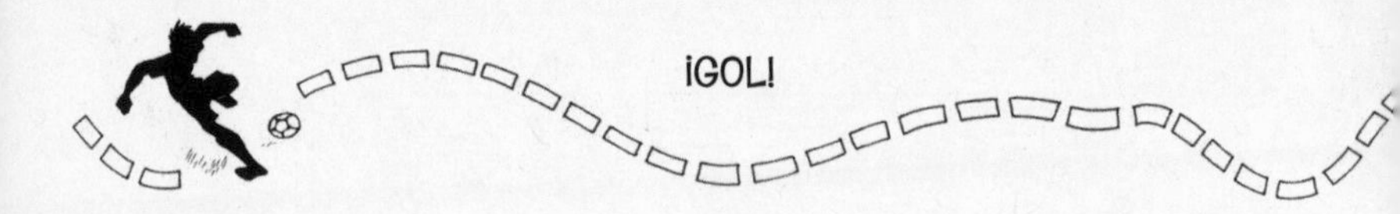

Pero esa no es la única razón. También falta Eva. Tomi se lo imaginaba un poco. Después de la llamada del jueves, no ha vuelto a tener noticias de su amiga bailarina. Faltan también la señora Sofía y Socorro que, sin decir una palabra, con su sonrisa de calavera, contribuía a la alegría de la comitiva.

Champignon pasa al lado de Tomi y le dice en voz baja:

—A mí se me da muy bien hacer enfadar a las bailarinas, pero me parece que tú también eres bueno en eso...

Tomi le responde con una sonrisita. Siente una especie de niebla en el estómago, como la que se ve por la ventana. Le gustaría estar seguro de haber tomado la decisión correcta, pero en el fondo sabe que no es así. Había prometido a Eva que participaría en la función de Navidad y luego no ha sido fiel a su palabra. Esa es la verdad.

—Capitán, hoy ganamos de calle —le dice Nico, que está sentado a su lado.

—Esperemos —responde Tomi, sin apartar la mirada de la ventana.

El campo de la Virtus B está en un pueblecito que hay a las puertas de Madrid, junto a la estación de peaje de la autopista que lleva a Valencia. Augusto condu-

ce despacio, con los faros encendidos, porque fuera de la ciudad la niebla es todavía más densa.

Al llegar al campo, aparca el autobús, los chicos descargan sus bolsas y se dirigen hacia los vestuarios, conducidos por un tipo que tiene una sonrisa simpática y un arito colgado de la oreja derecha.

Se presenta a Champignon:

—Bienvenidos, Cebolletas. Soy el entrenador del Virtus B. Me llamo Pablo.

—Encantado, colega, yo me llamo Gaston —responde el cocinero—. Gracias por la hospitalidad.

—Estoy seguro de que estaréis a gusto también en el campo... —dice Pablo con una sonrisa—. Como habréis visto por los resultados, somos muy amables con nuestros rivales... Hemos perdido tres partidos, hemos encajado diecisiete goles y no hemos metido ninguno. Pero nos hemos divertido...

—En ese caso ¡habéis ganado, *mon ami*! —exclama Champignon—. ¿Sabes cuál es nuestro lema? «¡El que se divierte gana siempre!»

—Claro, los chicos del Virtus B tienen un par de años menos que los vuestros. Jugando contra adversarios mejores, aprenden más deprisa. Estoy seguro de que antes de que acabe el campeonato conseguiremos me-

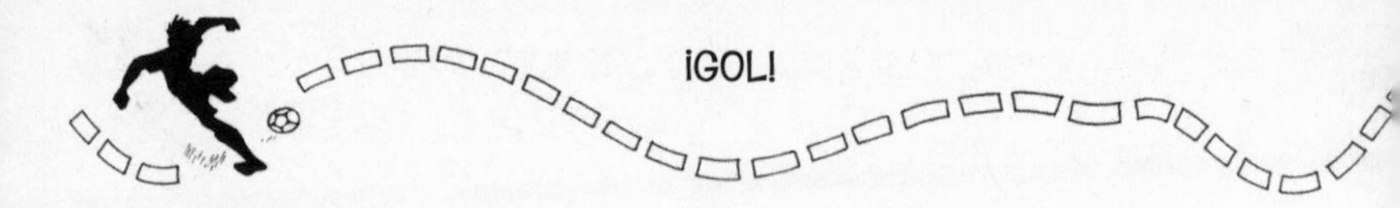

ter un gol... Ahí están vuestros vestuarios: el de vuestra campeona y el de los demás. Y aquí están las llaves.

—Gracias, Pablo —responde Gaston Champignon con una sonrisa—. Buena suerte a ti y a tus chicos.

Augusto saca del botiquín una botellita y se la entrega a João.

—Toma —dice el chófer—. Esto te ayudará.

El chico brasileño estudia la etiqueta y pregunta:

—¿Qué es?

—Aceite —contesta Augusto—. Frótate las piernas.

—Pero con esta niebla no corremos el riesgo de quemarnos —comenta perplejo João—. No estamos en la playa de Río de Janeiro...

Monsieur Champignon sonríe.

—No es aceite para broncearse, sino aceite alcanforado. Sirve para tener los músculos calientes. Verás cómo hoy notarás menos el frío. Todos los vestuarios de los campeones huelen a aceite alcanforado.

João se frota a conciencia las piernas y los pies, y luego les pasa el frasco a los compañeros que se lo piden. Si lo hacen los campeones...

Los Cebolletas salen a calentar sobre el terreno. Echan carreras cortas y hacen ejercicios de gimnasia para desentumecer los músculos.

Los chicos del Virtus B hacen lo mismo en la otra mitad del campo.

Llevan una camiseta blanca con una larga franja roja en medio, un uniforme idéntico al del Ajax, el glorioso equipo holandés.

En cuanto el árbitro pita, los dos equipos entran en los vestuarios para pasar lista.

—Esos del Virtus B solo son unos niños —dice Sara.

—Por eso pierden siempre —añade Fidu.

Champignon agita el cucharón de madera para darles un consejo:

—Id con cuidado, muchachos. Los Tiburones decían lo mismo de nosotros y luego les hicimos pasar un mal trago.

—Los niños pequeños son los más imprevisibles —les advierte Augusto.

—Bien dicho, *mon ami* —aprueba el cocinero—. Ahí viene el árbitro.

Después de pasar lista, los Cebolletas ponen sus manos sobre la de Tomi y responden a coro a su pregunta «¿Somos pétalos o una flor?»:

—¡Una flor!

En el medio del campo, el árbitro pita.

¡A jugar!

¡Han pasado solo veinte segundos y los Cebolletas ya van ganando! Se oyen tambores y gritos de alegría en las gradas, pero no se ve a nadie, porque la niebla lo oculta todo.

Tomi corre hacia la valla con el brazo derecho levantado y el puño cerrado como si fuera a «chocar la cebolla», cosa que hace siempre después de un gol.

Confía en que en el último momento hayan llegado un esqueleto y una bailarina morena. Pero no están.

Los Cebolletas llegan junto al capitán y lo felicitan, «chocándole la cebolla» por turnos.

Sara, volviendo al centro del campo, dice con alegría:

—Tengo la impresión de que hoy nos vamos a divertir de lo lindo...

—Sí —comenta Becan—. Hoy yo también quiero meter un gol, estoy cansado de no hacer nada más que centros cruzados.

—Calma, chicos —ordena Tomi—. Sigamos concentrados y juguemos como de costumbre.

—Tienes razón, capitán —aprueba Nico—. Como se suele decir: «El balón es redondo y siempre puede jugar malas pasadas».

El capitán del Virtus B, un chiquillo con el pelo cortado a tazón y el número 14 impreso en la camiseta, está listo enseguida para seguir jugando. Mira a Tomi y le dice:

—Felicidades, número 9, ha sido un gol precioso.

El capitán sonríe y le da las gracias con un gesto de la mano.

Los chicos del Virtus no tienen nada de cortitos. Corren muchísimo, se adelantan a menudo a los Cebolletas, aunque juegan de manera un poco confusa y van demasiados a la vez a por el balón, en lugar de ocupar todo el campo. Aparte del número 14, que se mueve estupendamente con la pelota pegada al pie, los demás no intentan siquiera regatear. Pasan el balón con el interior del pie al compañero más cercano. Hacen movimientos sencillos, como los niños los primeros días de escuela, pero con gran esmero y entusiasmo. Se nota que tienen ganas de aprender.

Su problema es que juegan contra rivales mayores que ellos. Observa a su guardameta, por ejemplo. ¿Te

has fijado en lo grande que parece el número 1 que lleva a la espalda? Le sale del pelo y le llega hasta los pantalones...

Es una chica, se llama Titi. Es muy ágil, ya ha hecho un par de palomitas espectaculares, pero con los tiros altos poco puede hacer.

Nico, que está a punto de sacar una falta al borde del área, sabe que si logra superar la barrera y enviar el balón justo por debajo del travesaño será gol sin lugar a dudas. Toma carrerilla, dispara... ¡Lo ha conseguido! Virtus B 0 - Cebolletas 2.

João le «choca la cebolla» al número 10:

—Si te salieran igual de bien los exámenes de inglés que las faltas, no tendrías ningún problema...

El tercer gol lo marca precisamente João, quien sale desde la defensa y va regateando uno a uno a todos los rivales, portera incluida. Los cuenta a medida que los va dejando atrás: «Uno, dos, tres...». Es un gol típicamente brasileño, que provoca un estruendo ensordecedor de los tambores ocultos por la niebla.

Champignon le «choca la cebolla» a Augusto.

—¡Tu aceite es milagroso, *mon ami*!

Fidu, que no logra ver la portería contraria, pregunta:

—¿Quién ha marcado?

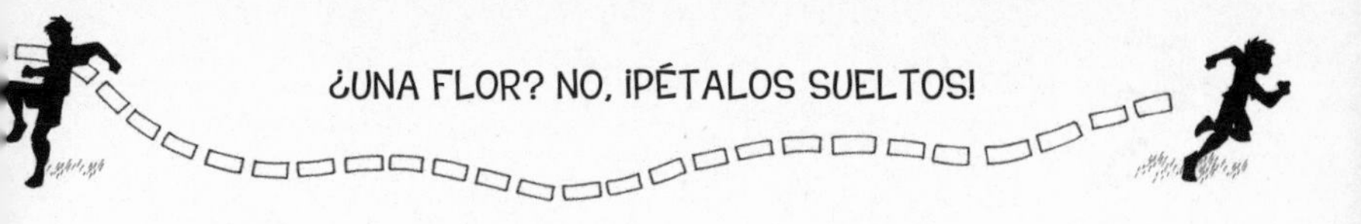

El portero se aburre. Los chicos del Virtus B no consiguen llegar a su área.

Para no congelarse, echa carreritas entre los postes y hace algún ejercicio de gimnasia, como le ha sugerido Augusto. Envidia a sus compañeros que, al fondo, en la niebla, atacan, marcan goles y se divierten. Por eso, cuando en el último minuto de la primera parte ve por fin un balón llegar a su portería, no duda:

—Ahora me divierto yo...

¡Es el primer gol del Virtus B en cuatro jornadas de campeonato! Los chavales lo celebran como si hubieran ganado el Mundial, corriendo a abrazar a su entrenador.

Augusto se quita la gorra de chófer y se rasca la cabeza:

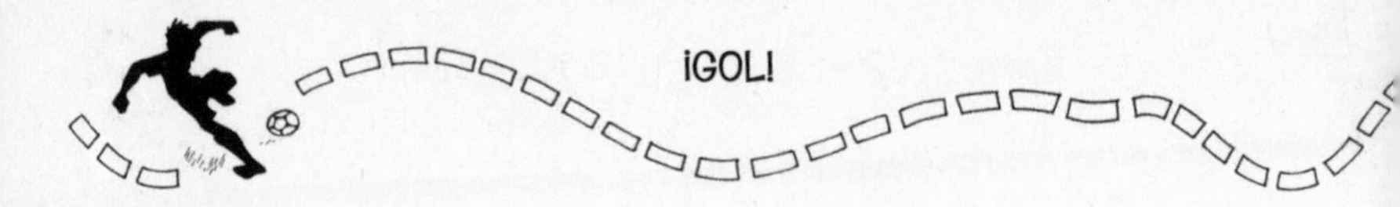

—La culpa es mía por haberle enseñado la parada del escorpión...

El árbitro pita el final del primer tiempo.

El número 10 del Virtus B se acerca a Nico y le pregunta:

—¿Cómo consigues sacar faltas con tanta precisión? A mí no me salen nunca...

—Es importante la carrerilla —le explica Nico—. Tienes que dar pasos cortos para no perder la coordinación. Y luego plantar el pie que no dispara cerca de la pelota.

—Gracias por el consejo —responde su pequeño adversario.

En el vestuario, Sara está enfadadísima.

—Pero ¿qué se te ha pasado por la cabeza, Fidu?

—Me estaba muriendo de frío y he intentado hacer una parada para calentarme un poco.

—¿Y no podías entrar en calor con una parada normal? —pregunta Nico.

—El escorpión es mucho más divertido —rebate Fidu—. ¿O queréis ser los únicos en divertiros atacando? Yo también tengo derecho a probar cosas nuevas.

—¡Yo cuando me meten un gol no me divierto nunca! —insiste Sara.

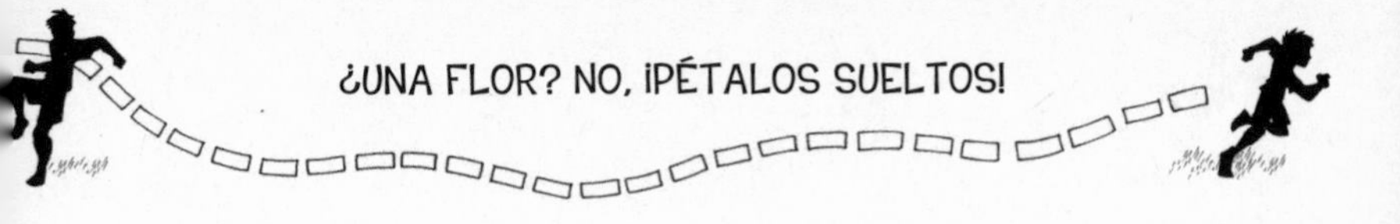

Gaston Champignon se acaricia el extremo derecho del bigote e interviene con determinación:

—No, Sara. Encajar un gol también puede ser divertido. Los chicos del Virtus B lo están demostrando. Están jugando con el verdadero espíritu de los Cebolletas, que nosotros parecemos haber olvidado. Estoy cansado de oíros discutir en todos los descansos. Es mejor pensar en el partido, si de verdad queréis ganar, porque nuestros adversarios corren muchísimo y en la segunda parte nos harán sufrir.

El cocinero no andaba equivocado. Nico, que se ha entrenado poco por culpa del inglés, empieza a notar el cansancio. Lo mismo les pasa a João y Becan, que han atacado mucho durante el primer tiempo. Los centrocampistas de los Cebolletas tienen que retroceder y los chavales del Virtus B atacan en masa y son cada vez más peligrosos.

El gran Ajax, que en los años setenta ganó la Liga de Campeones, jugaba exactamente igual: atacaban todos a la vez y agotaban a los adversarios con sus largas carreras. El capitán del equipo, uno de los mejores futbolistas de la historia, se llamaba Johan Cruyff, lle-

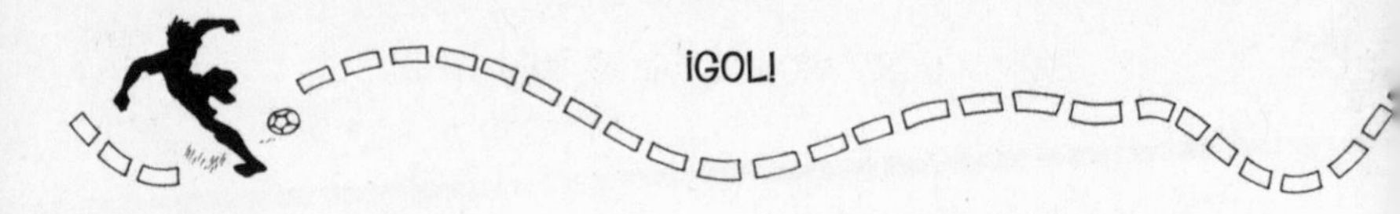

vaba el número 14 y era un fenómeno regateando... igual que el capitán del Virtus, que acaba de deshacerse de Sara, supera también a Nico y dispara a puerta. Fidu toca el balón, pero se le escurre de los guantes y acaba al fondo de la red: ¡2-3!

—Se me ha escurrido de las manos —se justifica el portero—. Debe de ser culpa del aceite alcanforado...

—No, es culpa de tus manos —responde Sara, furiosa—. Tenían razón los brasileños: ¡eres un gallina!

—¿Sabes una cosa, Sara?, empiezo a estar harto de tus críticas.

—Y yo estoy cansada de tus pifias —rebate la gemela—. ¡Ese tiro lo hubiera parado hasta yo!

—Adelante, la portería es tuya... —dice Fidu, que se saca los guantes, los tira al suelo, se echa al cuello la cadena de lucha libre y se dirige hacia los vestuarios.

Tomi lo persigue y trata de detenerlo.

—¡Espera, Fidu! Sara se ha pasado. Si te vas, solo quedaremos seis...

—Lo siento —responde el portero—. Se supone que jugamos para divertirnos, y yo así no me divierto. Practicando judo en el gimnasio al menos no pasaré frío.

El árbitro ordena que prosiga el partido. Nico se pone los guantes y se coloca entre los palos.

Tomi se dirige a Sara:

—¿Estás contenta?

—Lo siento, capitán —dice Sara bajando la mirada, arrepentida.

Con un jugador menos es casi imposible detener a los chavales del Virtus, que se pasan el balón a toda velocidad y siempre dejan a un jugador solo delante del portero. Nico y los demás ya no tienen fuerzas para perseguirlos.

El gol del empate lo marca otra vez el número 14, que a cinco minutos del final está a punto de meter otro, pero es derribado al borde del área grande por una zancadilla de Becan. Saca la falta el número 10, que se acerca al balón a pequeños pasos, apoya un pie junto a la pelota y la golpea con el otro. Una parábola perfecta que acaba en la escuadra: ¡4-3!

Los hinchas del Virtus, incrédulos, estallan de alegría. Los brasileños aporrean sus tambores para despertar a los Cebolletas.

Tomi se dirige a los suyos:

—¡Ánimo, amigos, intentemos al menos empatar!

En el último minuto, se les presenta una ocasión perfecta.

El árbitro pita tres veces: ha acabado el partido. El Virtus B, el último de la clasificación, ha derrotado a los Cebolletas por 4 a 3.

El número 10 del Virtus choca la mano a Nico:

—Gracias. ¡Ahora también yo sé tirar faltas!

Los chicos de Champignon se duchan en silencio.

El cocinero se dirige a sus muchachos a bordo del Cebojet:

—Hoy hemos perdido, pero no porque nos hayan metido cuatro goles. Hemos perdido porque no nos hemos divertido y, por primera vez, no hemos sido una sola flor.

Tomi mira la niebla por la ventana, triste como un muñeco de nieve que quiere bailar y no puede.

10 LA FUNCIÓN DE NAVIDAD

Cuando Tomi va a la cocina para preguntar si hace falta ayuda y luego se queda ahí mirando la batidora vacía, significa que tiene ganas de hablar. Su madre lo sabe perfectamente. Trabaja de cartera y para ella Tomi es como una carta abierta...

La señora Sofía le ha hablado de la representación de danza y de la discusión entre Tomi y Eva, por lo que está al corriente del problema, pero sabe también que debe dejar que sea él quien se lo exponga.

—La señora Champignon me ha dicho que está preparando una función preciosa para Navidades ¿lo sabías? —le pregunta la madre mientras va cortando las zanahorias sobre la tabla de la cocina.

—Claro —contesta Tomi—. Yo también iba a participar en ella.

—¿Tú? —la madre finge sorpresa.

—Sí, yo. ¿Qué tiene de raro?

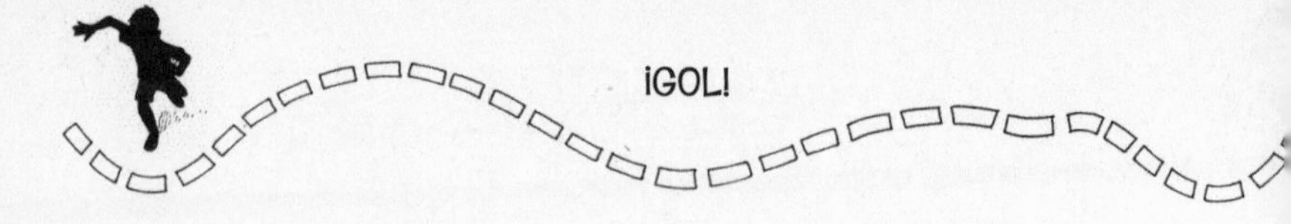

—Si no recuerdo mal —responde Lucía—, este verano fuiste el único que no bailaste samba en la playa de Río. Creía que no te gustaba bailar.

—En realidad lo detesto, pero Eva casi me ha obligado —explica Tomi—. Y además, no era un baile de verdad; tenía que hacer de muñeco de nieve. No tenía que danzar, sino derretirme.

A su madre se le escapa una risita que disimula con un acceso de tos.

—¿Y por qué ya no lo haces?

—Porque me da muchísima vergüenza que me vean mis amigos con una zanahoria por nariz —contesta Tomi.

—¿No sabías que tendrías que bailar con ese disfraz? —insiste la madre.

—Sí —responde Tomi—, ¡pero no imaginaba que me daría tanta vergüenza!

La señora Sofía echa los trocitos de zanahoria en una cazuela:

—Las promesas hay que cumplirlas. Seguro que a Eva le ha sentado mal.

Tomi sube y baja la cabeza:

—Muy mal, diría yo... El domingo no vino al partido. Y no me coge el teléfono.

—La entiendo. Ella y sus amigas han practicado durante semanas y contaban contigo. Y tú las has dejado plantadas en el momento más importante. Es como irse del campo a mitad de un partido.

—Pero ¡también los Cebolletas cuentan conmigo! —trata de explicar Tomi—. ¡No pueden tener un capitán que va por ahí con una zanahoria en la nariz! El capitán debe ser una persona seria...

—Entonces no tenías que haber aceptado ese papel en la función. También las bailarinas son personas serias.

Tomi coge un trozo de zanahoria cruda y sale de la cocina mordisqueándolo.

Al cabo de cinco minutos, vuelve a entrar.

—Mamá ¿tengo que pedirle disculpas a Eva?

—A mí me parece que sí —responde Sofía—. El sábado por la tarde Eva hará la representación. Podrías ir a verla y luego hablar con ella. A las bailarinas les gusta que les regalen flores después del espectáculo...

Una madre sabe dar unos consejos con que los peces del Retiro ni siquiera sueñan.

Tomi sonríe por fin:

—Mamá, ¿me ayudarás a escoger las flores?

Y es como si la niebla que tenía en el estómago se hubiera disipado de repente.

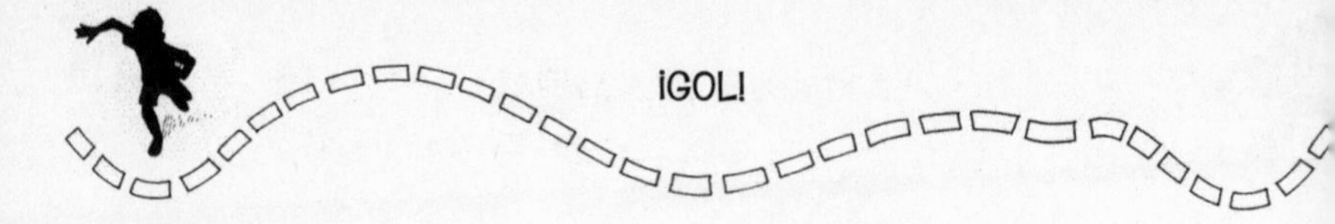

Fidu entra en el restaurante Pétalos a la Cazuela con la bolsa de los Cebolletas y saluda:

—Buenos días, míster.

—Hola, Fidu —contesta el cocinero, que está vertiendo crema de vainilla en una tacita.

Por extraño que parezca, el gato Cazo está despierto y da vueltas alrededor de la mesa de la cocina. Cada dos o tres vueltas salta sobre el radiador, aplasta la nariz contra la ventana y observa el cielo blanco.

—¿Cómo es que no duerme? —pregunta Fidu sorprendido.

—Presiente que va a nevar —contesta Champignon—. Cuando Cazo se comporta así, quiere decir que dentro de un par de días nevará. No se equivoca nunca. Podría trabajar en televisión de gato del tiempo.

Si Cazo tiene un olfato excelente para la nieve, Fidu lo tiene para los pasteles.

Se acerca a los hornos atraído por el perfume, como si fuera un imán.

—¿Sabes por qué te he pedido que vinieras al restaurante? —le pregunta Champignon.

—Creo que sí —responde el portero—. Porque el domingo dejé a los Cebolletas en cuadro y perdieron por mi culpa.

—Respuesta equivocada —rebate el cocinero—. Te he llamado porque me hace falta un paladar experto para probar un nuevo postre que estoy ensayando: peras cocidas con abrigo de chocolate y vainilla al aroma de pamporcino.

A Fidu se le ilumina la cara y, antes de que pase un segundo, está sentado a la mesa con una cuchara en la mano:

—Míster, es usted un cocinero con suerte: ¡tengo el mejor paladar que hay en circulación!

El portero hunde la cuchara en el dulce y saborea lentamente el bocado con los ojos cerrados, para concentrarse mejor en su sabor.

Mientras espera el veredicto, Champignon se acaricia el bigote derecho.

—Delicioso —sentencia Fidu—, pero yo le añadiría una hojita de menta, que liga muy bien el chocolate con el pamporcino.

—¡Una idea estupenda, chico! —exclama entusiasmado Gaston—. Sabía que me ibas a ser de ayuda.

El cocinero añade al plato una hojita de menta, Fidu lo vuelve a probar con los ojos cerrados y, cuando los abre de nuevo, sentencia satisfecho:

—¡Perfecto!

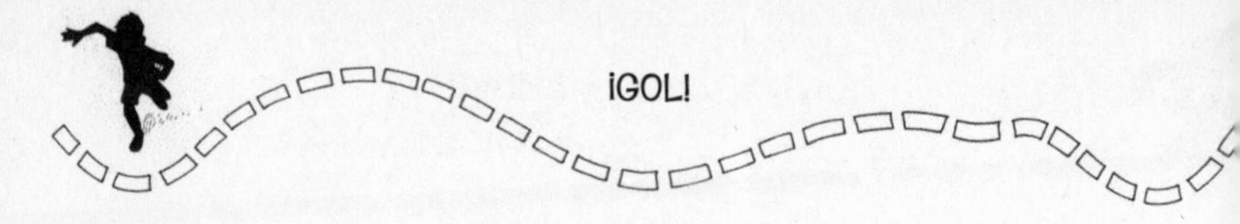

Champignon se sienta también a la mesa y ayuda a Fidu a acabar con el chocolate que se ha quedado en la cazuela.

—Pero tienes razón —admite—, también te he llamado para hablar del domingo pasado.

—No hay gran cosa que decir, míster —dice el portero—, ¡yo con esa bruja de Sara no quiero volver a jugar!

—¿No te parece que exageras un poco?

—Ha sido ella la que ha exagerado —responde Fidu—. Me ha llamado «gallina». Y no es la primera vez que me critica delante de todos. Estoy harto de que me trate así una chica.

—Fidu, durante un partido a veces se pierde el control —dice Gaston—, pero estoy seguro de que mañana, en el entrenamiento, Sara te pedirá perdón y todo volverá a ser como antes.

—Será difícil, porque yo mañana no iré al entrenamiento —replica el portero, que mientras tanto no ha dejado una sola gota de chocolate en la cazuela.

—¿Qué quieres decir?

—Quiero decir que le devuelvo la bolsa y el uniforme —prosigue Fidu—. Lo siento. Pero no es solo por la pelea con Sara. Usted nos ha enseñado que la primera regla debe ser divertirnos, porque quien se divierte

siempre gana. Pues bien, yo últimamente he perdido casi siempre, porque me he divertido poco. A lo mejor la culpa es del frío. No lo sé. Pero me divierto mucho más aprendiendo llaves de judo en el gimnasio. Lo siento, míster.

Champignon se acaricia el extremo izquierdo del bigote, el de los malos presentimientos:

—Tampoco les gustará a los Cebolletas, que se han pasado todo el verano entrenando y ahora tendrán que renunciar al campeonato. Sin portero y sin un reserva no se puede hacer gran cosa.

—Lo he pensado mucho, míster —dice Fidu—. Pero no está bien ir a los entrenamientos con la misma cara que se me pone cuando voy al cole... Al fútbol hay que jugar con alegría. Para «chocar la cebolla» hay que sentirse un Cebolleta, y yo me he cansado de hacer de portero. No es culpa mía... ¿Ha visto cuántos entrenamientos me he saltado?

—Como quieras, Fidu —concluye Champignon levantándose de la mesa—, pero la bolsa te la llevas a casa. Has sido el primer portero de la historia de los Cebolletas y el uniforme te pertenece. Así, cuando vuelvas a tener ganas, podrás coger la ropa y venir al campo. ¿«Chocamos la cebolla»?

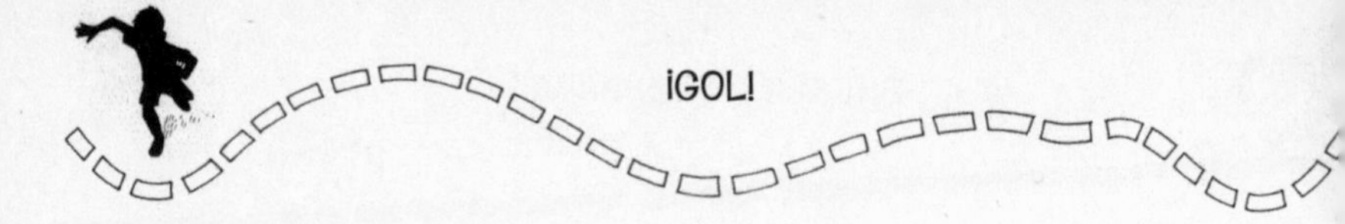

El portero sonríe y choca su puño, con el índice levantado, con el del cocinero.

Al salir del restaurante, Fidu se cruza con Tomi, Nico, Becan y João, que están entrando. Se saludan con un poco de frialdad.

El equipo todavía está enfadado con el guardameta por la derrota del domingo en el campo de los últimos de la cola.

—¿Por qué llevaba Fidu la bolsa? —pregunta Tomi—. ¿Hay entrenamiento hoy, míster?

Champignon les explica cómo están las cosas.

Los chicos se miran boquiabiertos.

—O sea que... estamos sin portero —murmura Nico.

—¿Cómo podremos ganar a los Diablos Rojos el domingo próximo? —pregunta Becan.

—El domingo pasado ganaron otra vez y ahora nos sacan cinco puntos —concluye João después de estudiar la hojita que Champignon tiene preparada para colgar del tablón de anuncios—. Si nos ganan nos sacarán ocho puntos y no les alcanzaremos nunca... Se habrá acabado el campeonato para nosotros.

—Y tenemos que andar con ojo con el Dinamo —advierte Tomi—. Ha ganado al Real Baby y ahora está a un solo punto de nosotros.

VIRTUS B - CEBOLLETAS	4 - 3	DIABLOS ROJOS	12
		CEBOLLETAS	7
ARCO IRIS - DIABLOS ROJOS	0 - 6	DINAMO AZUL	6
		ARCO IRIS	4
DINAMO AZUL - REAL BABY	4 - 2	REAL BABY	3
		VIRTUS B	3

Gaston Champignon pone en los platos las peras cocidas con su abrigo de chocolate y vainilla al aroma de pamporcino y menta.

—Ya pensaremos en el entrenamiento de mañana en los Diablos Rojos y el Dinamo —dice—. Ahora probad esta delicia.

Al llegar a casa, Fidu vacía la bolsa de los Cebolletas y la lleva a la bodega, donde la coloca entre las maletas viejas.

La flor ha perdido un pétalo.

Entrenamiento del jueves. Tomi, Nico, João, Becan y Dani ya están delante de los vestuarios de la parroquia de San Antonio de la Florida. Solo falta Sara.

—Ahí está, ya llega —dice Tomi al advertir el largo cochazo negro que aparca delante de la puerta.

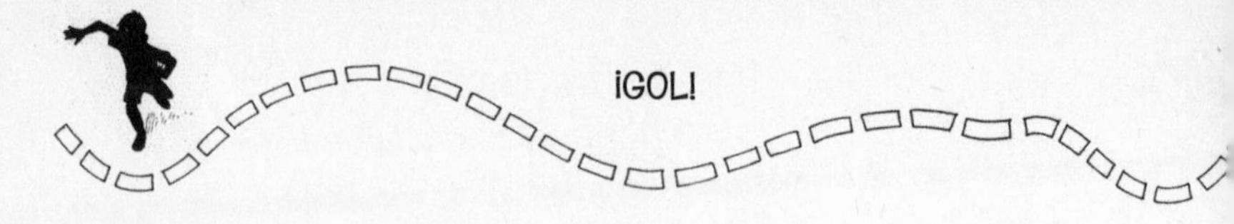

Pero del coche solo baja Augusto.

Gaston Champignon se atusa el bigote izquierdo y dice a los chicos:

—Espero equivocarme, pero mucho me temo que el domingo jugaréis cinco contra los Diablos Rojos. Cuando una gemela enferma de varicela, tarde o temprano la coge también la otra...

Augusto lo confirma: Sara también se ha despertado con la cara llena de puntitos rojos.

Es un momento realmente duro para el equipo de los Cebolletas.

Mientras los chavales se cambian en silencio, Champignon intenta levantarles la moral:

—Cebolletas, no es el número de los ingredientes lo que hace bueno un plato, sino su sabor. Mi abuela, que era de campo, con dos verduras sabía hacer unas menestras que eran inigualables.

—Sí, pero a nosotros ya solo nos queda pan y agua —dice Tomi abatido—. ¿Cómo vamos a evitar hacer el ridículo jugando cinco contra los Diablos Rojos, que el año pasado ganaron la final del campeonato?

—Basta con organizarse —responde el cocinero—. Nos tendremos que disponer bien en el campo.

Nico propone una idea:

—Podríamos distribuirnos dibujando un cuadrado delante de la portería de Dani: Tomi y yo por detrás y Becan y João por delante. Lo importante será seguir formando un bloque compacto cuando nos desplacemos a la izquierda o la derecha. Y de vez en cuando Becan y João, que son los más rápidos, podrán intentar lanzar un ataque al contragolpe. Saldrán por turnos, y los otros tres les cubrirán la espalda en la defensa.

Gaston Champignon se rasca la cabeza con el cucharón de madera:

—Me parece una táctica estupenda. ¿Qué me decís, chicos?

Becan da su aprobación:

—Sí, si conseguimos quedarnos juntos les costará más atacarnos.

—En la Antigüedad, los soldados romanos ya luchaban formando cuadrados con los hombres armados con escudos y lanzas sobre el campo de batalla —explica Nico—. Cuando les atacaban, levantaban los escudos y los cuadrados se convertían en cajas impenetrables.

—Tendréis que ser una flor todavía más unida que antes... —añade el cocinero—. Cada uno deberá moverse siguiendo los movimientos de los otros tres. Hoy practicaremos esta estrategia. Pero primero dad unas

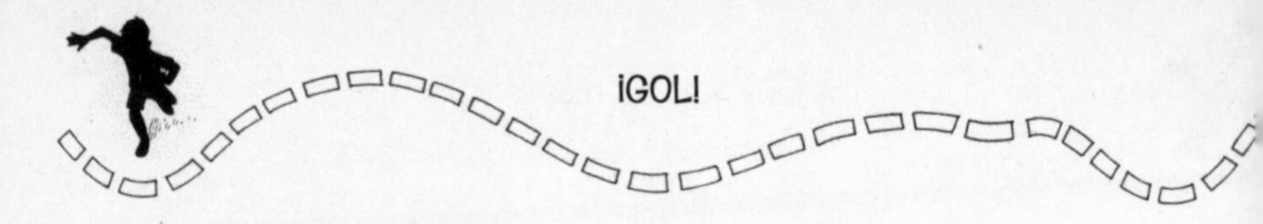

vueltas al campo. El domingo jugaréis cuatro, pero tendréis que correr por seis.

Nico saca de la bolsa un pequeño reproductor y se coloca los auriculares en las orejas. No podía perderse el entrenamiento en un momento tan delicado, pero tampoco puede descuidar el inglés después de todos los fallos que cometió en el último examen. Por eso ha grabado la lección que tiene que aprenderse. Mientras vaya corriendo alrededor del campo una voz le repetirá al oído: «*The cat is on the table*, El gato está encima de la mesa».

Gaston Champignon vuelve de la casa del párroco con cuatro cuerdas de la misma longitud, que Becan, João, Nico y Tomi se atan a la cintura, formando un cuadrado en el cual las cuerdas son los lados y los chicos, los ángulos.

—Ahora, intentad pasaros la pelota tratando de mantener las cuerdas siempre tensas —explica el cocinero-entrenador—. Recorred el campo así, como un cuadrado. Adelante y atrás, manteniendo la distancia justa. El domingo tendréis que hacer lo mismo, pero sin cuerdas: permaneced siempre compactos, para detener los ataques de los adversarios, que son más que vosotros.

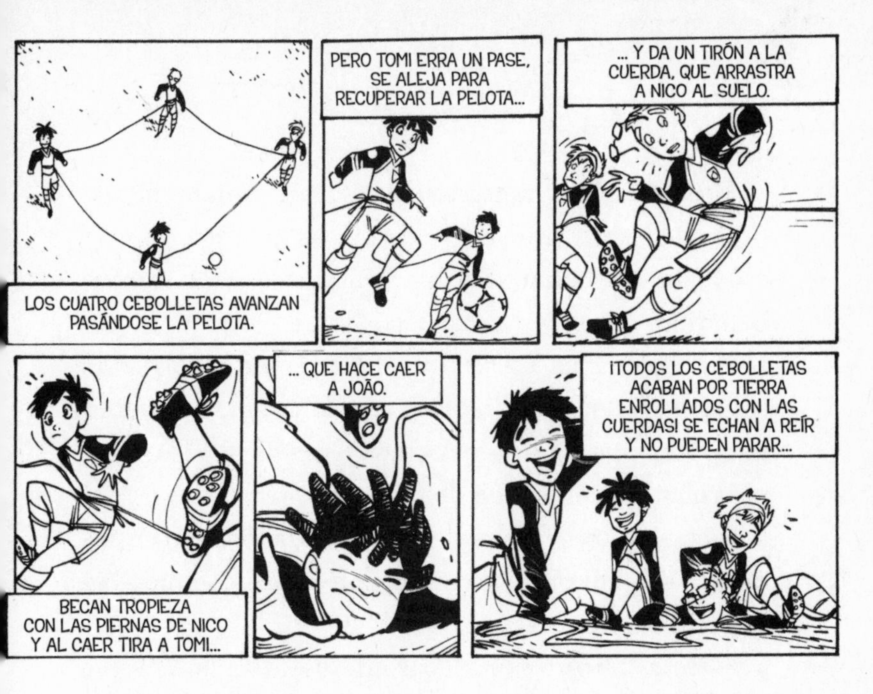

Sonríe también Champignon, que abre la mano para recoger un copo blanco.

—¡Nieva, chicos! —exclama el cocinero—. ¡Cazo no se equivoca nunca!

Mientras trata de salir del enredo de cuerdas, Nico repite entre dientes: «*The cat is on the table*, El gato está encima de la mesa».

Es sábado por la tarde, el día de la representación. Tomi entra en el teatro con un paquete en la mano. No son flores. Se le ha ocurrido una idea mejor: un muñe-

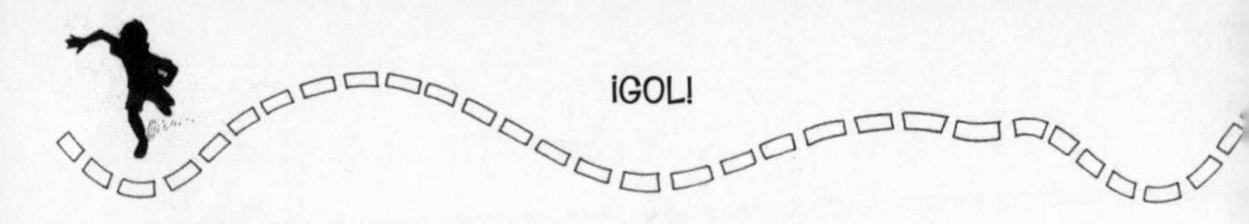

co de *E. T.*, el extraterrestre que dice: «Teléfono... mi caaasa». E de Eva, T de Tomi. Ese es el regalo que ha escogido el capitán para hacer las paces con su amiga bailarina.

Tomi reconoce a los chicos de los Tiburones, que ya están sentados en primera fila. «Han venido a tomarme el pelo, pero no saben que yo no subiré a escena», piensa, y busca un sitio libre.

Lo encuentra en una de las últimas filas, muy cerca de Socorro, que la señora Sofía ha dejado sentado como si fuera un espectador.

—Hola, Socorro ¿Puedo sentarme a tu lado? —le pregunta Tomi al esqueleto.

Las luces se apagan. Salen las ninfas del bosque, que empiezan a bailar con el muñeco de nieve. Es un ballet muy hermoso y sale todo a pedir de boca. Al final, entra en escena Eva con su elegante disfraz amarillo y todo transcurre de maravilla. Toma de la mano al muñeco de nieve, que se va derritiendo poco a poco.

Tomi tiene que admitirlo: ese chico baila mucho mejor que él. De hecho, en cuanto se encienden las luces de la sala, los espectadores aplauden a rabiar. También los chicos de los Tiburones, que no han venido para reírse de Tomi, sino para aclamar a su capitán, que se qui-

ta la nariz de cartón, la capucha del mono, toma a Eva de la mano y da las gracias con una reverencia.

Tomi lo reconoce al fin: es Pedro.

¿Ves qué cara de sorpresa se le ha puesto al capitán de los Cebolletas? Mira a Socorro, como si quisiera pedirle una explicación, pero el esqueleto parece sonreír... A lo mejor él también es cómplice de esa jugarreta.

Tomi sale inmediatamente del teatro, se pone sobre la cabeza una gorra de lana porque está nevando mucho y se dirige hacia su casa.

No para de decirse: «¿Cómo ha podido hacer eso Eva?».

En el primer cubo de basura que encuentra, tira el muñeco de *E. T.*

11
A FUEGO LENTO

Domingo por la mañana. Estamos a punto de asistir al partido más importante, el último de la fase de ida. Los Cebolletas, que tienen siete puntos, se enfrentan a los Diablos Rojos, que son los primeros de la clasificación, con doce puntos, y han ganado todos los partidos anteriores marcando ni más ni menos que 27 goles y encajando solamente tres. Más que un equipo, es una verdadera apisonadora...

Los Cebolletas no tienen más remedio que vencer para reducir la distancia que los separa a solo dos puntos y confiar en vencer a sus rivales en los cinco partidos de la segunda vuelta, que comenzará en marzo. Pero no será fácil, entre otras cosas porque, como sabes, después de la renuncia de Fidu y la varicela de Sara y Lara, los Cebolletas ya no son más que cinco. En realidad, a Gaston Champignon le falta toda la línea defensiva.

Ha nevado toda la noche, el campo está completamente blanco. Los Cebolletas esperaban que el árbitro aplazara el encuentro hasta después de la pausa invernal, para que Sara y Lara pudieran curarse y volver a jugar. Tomi y el capitán de los Diablos Rojos han acompañado al árbitro, que ha hecho rebotar la pelota en el centro del campo y ha decidido que, puesto que botaba, se podía jugar. Luego ha ordenado que se volvieran a pintar las líneas laterales con serrín, porque el yeso blanco no se ve sobre la nieve, y que se usara un balón de color naranja.

Tomi ha regresado a los vestuarios y, alargando los brazos, dice a sus compañeros:

—No hay nada que hacer. Vamos a jugar. No nos queda más remedio que formar el cuadrado y tratar de resistir todo lo que podamos.

—O pedir a estos dos amigos nuestros que nos echen una mano, y en ese caso la táctica sería distinta... —propone por sorpresa Champignon, atusándose el extremo derecho del bigote.

¡La puerta del vestuario se abre y entran Rogeiro y su hermana Tania con una bolsa en la mano!

Si hubiera entrado *E. T.* en persona, los Cebolletas habrían puesto la misma cara de asombro... Todos se

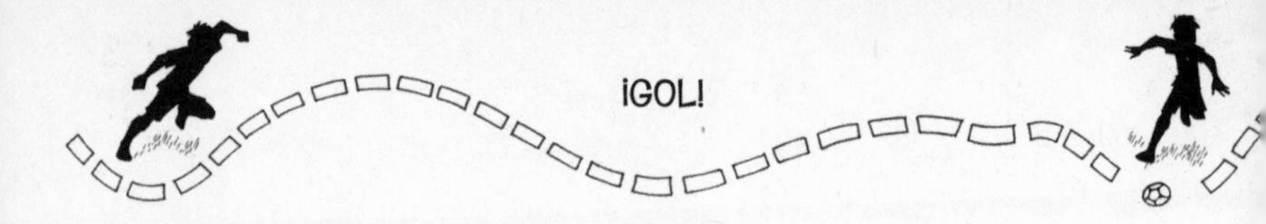

han quedado de piedra: Becan con la cinta que se estaba atando en la mano, Nico con el frasco de aceite alcanforado en el puño.

—Hemos venido a pasar las Navidades a casa de João —explica Rogeiro sonriendo—. Y como este verano Tomi nos hizo ganar un partido importante en Río, nos gustaría corresponderos...

Gaston Champignon guiña un ojo a Tomi.

—¡*Mon capitaine*, fue una buena idea hacerles la ficha a nuestros amigos brasileños!

Los Cebolletas se reponen de la sorpresa y corren a abrazar a Tania y Rogeiro.

—¡Como en las películas de vaqueros, cuando suena la trompeta para anunciar que llegan los buenos! —grita Becan de contento.

—Nuestro campito no es como el Maracaná —dice Nico con alegría—, pero seguro que nos divertiremos igual...

—Eso seguro... ¡Yo es la primera vez en mi vida que veo la nieve! —responde Rogeiro.

—Yo no juego tan bien como Sara o Lara, pero haré todo lo que pueda para que no las echéis de menos —promete Tania, antes de salir para meterse en el vestuario de chicas.

Después de que el árbitro haya pasado lista, el cocinero explica la táctica que han de seguir:

—Chicos, durante el primer tiempo todo igual. João, Becan, Tomi y Nico formarán el cuadrado delante de la portería de Nico. Rogeiro a la derecha y Tania a la izquierda completarán el muro. Tendremos que esperarles defendiendo y procurar que no metan gol.

Los chicos se miran entre sí, perplejos.

—Pero, míster —protesta Tomi—, ¡somos siete como ellos y tenemos a Rogeiro, que es un fenómeno! Juguemos un partido a cara descubierta. ¡Ataquemos también nosotros!

—Tomi tiene razón —añade Nico—. El empate no nos basta, si queremos reducir la distancia que nos separa en la clasificación, tenemos que ganar.

Champignon levanta el cucharón de madera para pedir silencio.

—¡Tranquilos, chicos! Confiad en mí, ahorrad fuerzas en la primera parte y luego ya hablaremos. Haced el cuadrado en defensa y, cuando tengáis la pelota, os la pasáis entre vosotros, sin correr demasiado. Dejad que sean ellos quienes se cansen intentando recuperarla. ¿Entendido? Bueno, ahora salid y divertíos.

Tomi alarga un brazo y pregunta:

—¿Somos pétalos o una flor?

—¡Una flor! —gritan los Cebolletas, los viejos y los nuevos, poniendo la mano sobre la del capitán.

El árbitro pita el inicio del partido. ¡A jugar!

Los Diablos, que van vestidos con una camiseta roja y pantalones y medias blancos, salen enseguida al ataque, entre otras cosas porque los que juegan en casa se han replegado por sorpresa en defensa.

También están sorprendidos los hinchas de los Cebolletas, que después de cinco minutos se ponen a animar a sus chicos:

—¡Ánimo, ataquemos también nosotros! ¡Adelante!

—No entiendo qué les pasa hoy a los chavales —se pregunta perplejo el padre de João—. Si se quedan todos delante de la portería de Dani, tarde o temprano les meterán un gol.

La madre de Tomi busca una justificación:

—No olvidéis que estamos jugando contra el mejor equipo del campeonato. No es fácil atacarles.

—Pero ¡ni siquiera lo intentan! —protesta el padre de Nico, que se está convirtiendo en un experto—. Si no se tira a puerta no se marcan goles: ¡es matemático!

—Despertaos, Ceb... —empieza a gritar don Calisto, envuelto en su enorme bufanda, pero no logra acabar la frase, porque le entra un ataque de tos. La madre de Tomi le da un caramelo de menta.

Los Diablos Rojos acarician muy pronto el gol: el número 7 ha driblado a João y ha hecho un pase cruzado para el número 9, que se ha adelantado a Tomi y ha cabeceado la pelota hacia la escuadra. Dani ha demostrado tener unos reflejos excelentes y ha logrado rechazar el balón naranja y, antes de que pudiera intervenir otro delantero, Tania se lanza al suelo y despeja a córner.

—¡Muy bien, Tania! —la felicita Nico «chocándole la cebolla».

Tomi recupera el balón por delante de su defensa, elude a un adversario, pasa a Rogeiro y sale corriendo al ataque, pero se queda parado al oír el grito de Champignon:

—¡Atrás! ¡Mantened la defensa compacta!

En las gradas alguien silba en son de protesta.

Rogeiro retrocede, pasa la pelota a Nico, que la cede a Becan.

Hacia el final del primer tiempo, los Diablos Rojos empiezan a sentir algo de cansancio. Han corrido mu-

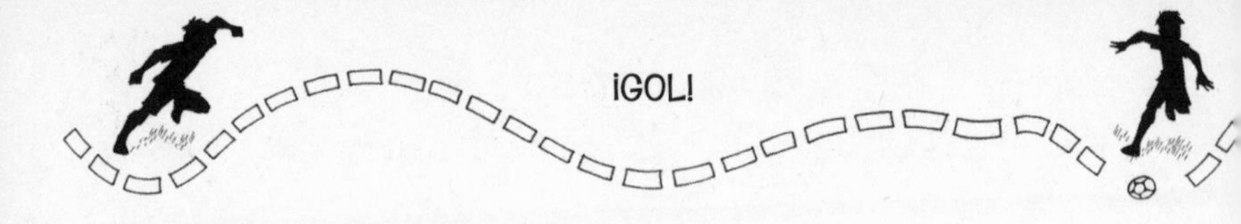

cho para tratar de interceptar los mil pases de los Cebolletas y atacar. Se han dado pases cruzados y han disparado sin parar. La nieve, aplastada por los tacos, se vuelve cada vez más blanda, el campo se está transformando en un enorme barrizal y correr y hacer rodar el balón cuesta cada vez más.

El número 2 de los Rojos es el que mejor lo hace. Tiene dos piernas muy potentes y gruesas como troncos de árbol, y desde el primer minuto sube y baja, en defensa y en ataque, por la banda derecha. Parece un coche con cadenas en las ruedas, que circula por la nieve como si nada.

Ahí va otra vez, regatea a Nico, se desplaza hacia el centro y dispara con fuerza.

Dani-Espárrago, que tiene por delante un montón de jugadores, ve la pelota solo en el último momento y se lanza a por ella, pero el balón choca contra la rodilla de Tomi, cambia de dirección y acaba en el fondo de la red: ¡0-1 para los Diablos Rojos!

—¡Maldición, un gol en propia puerta! —exclama Fidu en la tribuna. Está sentado al lado de Eva.

—Ya lo decía yo que, jugando así, antes o después nos iban a meter un gol... —dice entristecido el padre de João.

—Despertaos, Ceb... —intenta gritar de nuevo el párroco, pero se lo impide otra vez la tos.

El árbitro pita el final del primer tiempo y los equipos vuelven a los vestuarios.

Tomi bebe un vaso de té caliente, se sienta en el banco y no consigue callarse:

—¡Míster, jugando así lo único que podemos hacer es perder! ¡Parecemos ratones atrapados en una trampa con el gato delante! ¡Si no atacamos también nosotros, el gato nos destrozará!

—Todo está bajo control —responde con tranquilidad Champignon—. Vamos bien. Solo han metido un gol.

—Pero ¡un gol basta para ganar si nosotros no metemos ninguno! —rebate el capitán.

—Ahora los vamos a meter, no te preocupes —explica el cocinero—. Ellos se han cansado mucho y nosotros todavía estamos frescos. No les quedarán fuerzas para correr por un campo tan pesado. Ahora empezaremos a jugar nosotros. Y lo haremos como aprendimos en la playa de Río de Janeiro, porque la nieve se ha transformado en una especie de sopa y el balón ya no rueda. Juguemos al vuelo y con la cabeza. Rogeiro, que es un maestro en este tipo de juego, seguro que nos echará una mano.

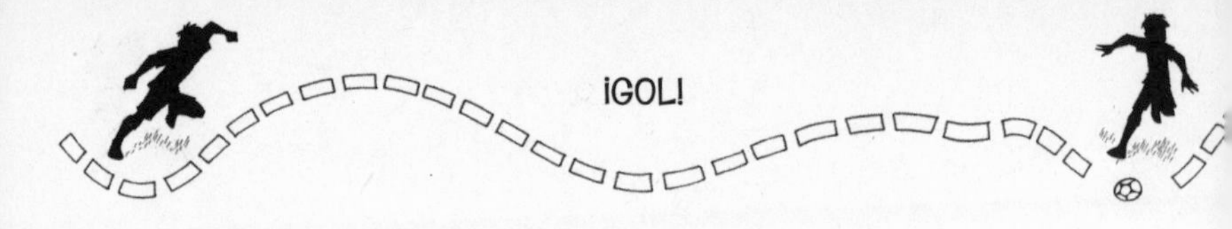

Los Cebolletas miran a Rogeiro, que sonríe:

—Chicos, me parece que vuestro entrenador ha escogido la táctica correcta...

Y, en efecto, en el segundo tiempo el partido es completamente distinto. En un campo que se ha convertido en un barrizal solo se ve a los Cebolletas. Los Diablos Rojos, cada vez más cansados, se ven obligados a replegarse en defensa y no logran salir de su campo.

Nico saca la pelota de un charco, pelotea mientras busca a un compañero sin marcaje y luego hace un disparo largo en dirección a Tomi, quien la pasa con la cabeza a João, que se la devuelve también con la cabeza: un triángulo perfecto con el que se han deshecho del enorme número 2, que se ha quedado viendo cómo el balón volaba por encima de su cabellera.

La alegría estalla en la tribuna y los tambores se ponen a retumbar.

—¡Estos son los verdaderos Cebolletas! —grita Carlos alborozado.

En un arrebato de euforia, el padre de Nico abraza a don Calisto, que se ha puesto rojo como un tomate porque le ha entrado un nuevo ataque de tos por culpa de la alegría.

El gol de la victoria lo marca Tomi a solo siete minutos del final.

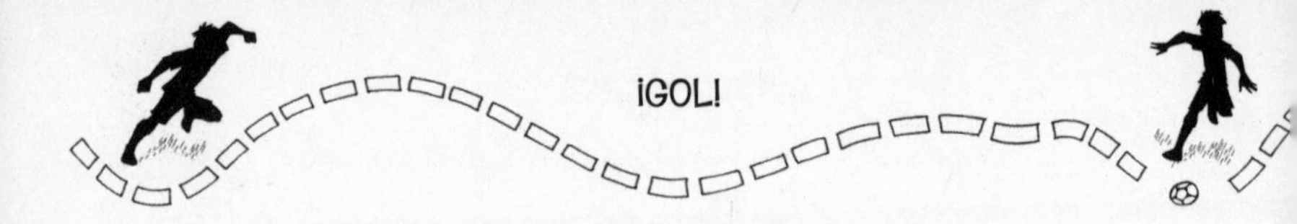

Fidu se pone de pie de un salto.

—¡El gol del escorpión!

—¡El gol del escorpión! —repite Augusto, «chocando la cebolla» en el banquillo con Champignon.

Tomi corre a celebrarlo bajo la tribuna. Ve a Eva, que está sujetando con Fidu la pancarta que le habían preparado sus amigos cuando todavía jugaba con los Tiburones Azules: «¡Tomi, genio, acabarás en la Selección!».

El capitán está a punto de dar unos pasos de baile, o un giro sobre sí mismo, para dedicarle el gol a Eva, pero entonces se acuerda de Pedro y se da la vuelta sin hacer nada.

Rogeiro es el primero en abrazar al capitán, que luego es arrollado y hundido en el barro por el entusiasmo de sus compañeros.

Los siete últimos minutos son de verdadero sufrimiento. Los Diablos Rojos han recuperado fuerzas y se abalanzan al ataque, en busca del empate. Los Cebolletas resisten en defensa, alejando el balón naranja que se hunde en la nieve blanda. Tania lucha con la fiereza de Lara y Sara, no tiene miedo a nada: es la verdadera sorpresa del partido.

El árbitro pita tres veces: ¡los Cebolletas han derrotado a los Diablos Rojos!

El padre de Nico entra en el terreno para celebrarlo, pero una vez más sus zapatos de suela de cuero le juegan una mala pasada y acaba dentro de un charco.

—Papá... —murmura Nico abatido.

También entra en el campo Fidu, para felicitar a sus amigos.

—¿Habéis visto? —dice el portero—. Sin mí también ganáis...

—No es verdad —contesta Tomi—. Te hemos echado de menos.

—Me has robado el toque del escorpión —dice Fidu sonriendo.

—Es un gol que hemos metido juntos.

Fidu y Tomi «chocan la cebolla».

Bajo la ducha, los Cebolletas dan rienda suelta a su alegría.

—¡Hemos ganado a los primeros de la clasificación! —grita alborozado João.

—Y ahora solo estamos a dos puntos de ellos —añade Nico—. ¡En la fase de vuelta les adelantaremos!

—¡Y luego jugaremos la gran final contra los simpáticos de los Tiburones! —dice Becan.

Tomi siente que tiene que pedirle disculpas a Gaston.

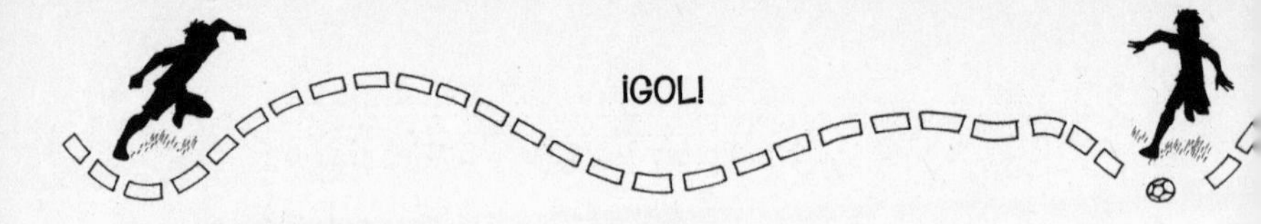

—Míster, su plan era perfecto. Siento mucho haber dudado...

—En el fútbol, como en la cocina, hace falta paciencia. Algunos adversarios hay que cocinarlos a fuego lento... —concluye Champignon sonriendo.

12
SERENATA ESPECIAL

Por la noche, en honor de Tania y Rogeiro, Gaston Champignon organiza una espectacular cena al estilo brasileño en el Pétalos a la Cazuela: un suculento *rodizio* a base de carne como el que habían degustado en Río de Janeiro.

Pero antes de sentarse a la mesa, todos suben a bordo del Cebojet.

La idea se les ha ocurrido en la ducha, después de la victoria contra los Diablos Rojos.

Augusto se pone al volante del Cebojet y conduce hacia el centro de Madrid, hasta el edificio donde viven Sara y Lara.

Tomi llama con el móvil de su madre a las gemelas, que se asoman a la ventana del tercer piso y ven a los Cebolletas agitar los brazos para saludarlas, mientras Nico, el padre de Tomi y los brasileños improvisan una canción con sus instrumentos. Una preciosa serenata

para las dos Cebolletas con varicela. En el terreno de fútbol son dos defensoras temibles, pero esta vez están un poco emocionadas...

Champignon está más contento por el detalle de los chicos con las gemelas que por la victoria contra los primeros del campeonato. «Realmente somos una flor espléndida», piensa para sí.

Eva le dice a Tomi:

—Te he guardado un sitio a mi lado.

—Gracias, pero he prometido a un amigo que me sentaría con él —responde Tomi, que da la vuelta a la mesa y se sienta al lado de Socorro. Le ata incluso una servilleta alrededor de la calavera.

Eva lo mira enojada.

La madre de Tomi y la señora Sofía, que han seguido la escena, sonríen.

¿Harán las paces Eva y Tomi?

¿Volverá Fidu a hacer de portero?

¿Conseguirán los Cebolletas superar a los Diablos Rojos en la fase de vuelta?

¿Mantendrán la distancia con el Dinamo, que está por detrás a un solo punto?

¿Quién vencerá la gran final del campeonato?

Te lo contaré pronto. O, más bien, prontísimo.

CLASIFICACIÓN GENERAL DE LA FASE DE IDA	
DIABLOS ROJOS	12
CEBOLLETAS	10
DINAMO AZUL	9
ARCO IRIS	7
REAL BABY	3
VIRTUS B	3

EL DERECHO DE JUGAR AL FÚTBOL... ¡Y DIVERTIRSE!

A los Cebolletas, Gaston Champignon les recuerda siempre que la regla número 1 es divertirse, no ganar. Porque quien se divierte... ¡siempre gana!

Bueno, no es el único que piensa de esa manera: en 1992, en Ginebra, se redactó la *Carta de los derechos del niño en el deporte*. ¡Leedla bien y procurad que se respeten siempre vuestros derechos!

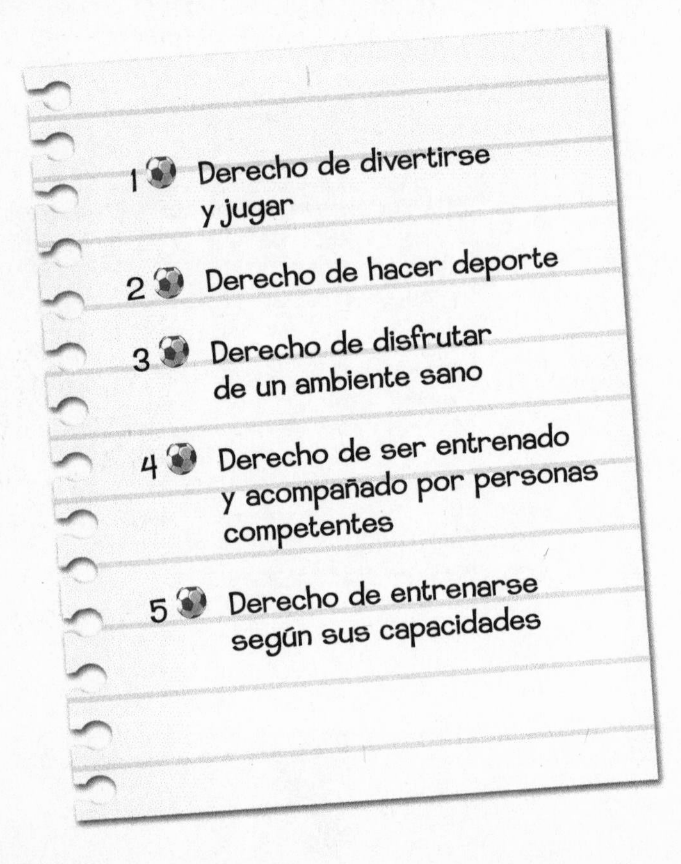

6 Derecho de competir con jóvenes que tengan las mismas posibilidades de éxito
7 Derecho de practicar deporte con absoluta seguridad
8 Derecho de disponer del tiempo adecuado de reposo
9 Derecho de no ser un campeón
Gaston Champignon

ÍNDICE

TAMBIÉN DE LUIGI GARLANDO

¡GOL! UN GRAN EQUIPO

Ocho niños. Una pasión: el fútbol. Un sueño: ¡ser los mejores! Bajo las órdenes de un míster algo peculiar, el señor Gaston Champignon, ocho niños y niñas han formado un equipo de fútbol de lo más disparatado. Se llaman Cebolletas y les espera una temporada repleta de grandes emociones (¡y muchísimo sudor!). Pero antes de empezar, los ocho cracks ya han aprendido la lección más importante: ¡para ganar sólo hace falta divertirse!

Ficción/Juvenil

¡GOL! NOS VAMOS A BRASIL

¡Yujuuu! Los Cebolletas ya han acabado el curso y tienen por delante un verano realmente macanudo: van a pasar sus vacaciones en Brasil, ¡el reino del fútbol! João, el extremo izquierdo del equipo, ya los está esperando en Río de Janeiro, donde conocerán el mítico estadio Maracaná y entrenarán junto a sus grandes ídolos...

Ficción/Juvenil

CHICHARITO

de Charles Samuel

Javier "Chicharito" Hernández es sin duda una de los mejores jugadores del fútbol mundial. Estrella del Manchester United —el primer mexicano en la historia del famoso equipo inglés— y del equipo nacional, Chicharito es admirado en todo el mundo por su talento y atletismo. Este entretenido perfil, con más de 70 fotografías a todo color, cuenta la historia de un intrépido joven, nacido en una familia de futbolistas (tanto su padre como su abuelo jugaron para México), quien desafió las expectativas de los muchos entrenadores que pensaron que era demasiado pequeño para tener éxito a nivel profesional. Fascinante e inspirador, *Chicharito* es un completo resumen de su explosiva y emocionante carrera hasta la fecha.

Biografía/Deportes

MESSI

de Leonardo Faccio

En la historia del fútbol sólo cuatro jugadores tienen plaza en el primer escalón: Pelé, Di Stéfano, Cruyff y Maradona. Desde hace cuatro años, el argentino Lionel Messi llama con insistencia a la puerta de ese restringido club, y sus exhibiciones cada semana le confirman como un genio del balón. Estrella del F.C. Barcelona y del equipo nacional argentino, ganador del Balón de Oro y nombrado jugador del año por la FIFA, un atleta de esta dimensión merece más que la habitual hagiografía. En la mejor tradición del periodismo narrativo deportivo, Leonardo Faccio ha dibujado un fascinante perfil en tres tiempos del futbolista más famoso y admirado del mundo. Todos los detalles —desde su familia y sus amistades hasta su lucha contra el déficit de la hormona del crecimiento que casi le costó su carrera futbolística— se reúnen aquí para formar la biografía más completa de la estrella argentina escrita hasta la fecha.

Biografía/Deportes